THE Surrender Tree

Poems of Cuba's Struggle for Freedom

Margarita Engle

Translation by Alexis Romay

SQUARE
FISH

Henry Holt and Company
New York

For Curtis, Victor, and Nicole, with love

AND

in memory of my maternal great-grandparents, Cuban
guajiros *who survived the turmoil described in this book:*

PEDRO EULOGIO SALUSTIANO URÍA Y TRUJILLO
(1859–1915)

ANA DOMINGA DE LA PEÑA Y MARRERO
DE TRUJILLO
(1872–1965)

SQUARE FISH
An Imprint of Macmillan

THE SURRENDER TREE. Copyright © 2008 by Margarita Engle. All rights reserved. Distributed in Canada by H.B. Fenn and Company, Ltd. Printed in February 2010 in the United States of America by R.R. Donnelley & Sons Company, Harrisonburg, Virginia. For information, address Square Fish, 175 Fifth Avenue, New York, NY 10010.

Square Fish and the Square Fish logo are trademarks of Macmillan and are used by Henry Holt and Company under license from Macmillan.

Library of Congress Cataloging-in-Publication Data
Engle, Margarita.
The surrender tree / Margarita Engle.
p.   cm.
ISBN: 978-0-312-60871-2
1. Cuba—History—1810–1899—Juvenile poetry.   2. Children's poetry, American.
I. Title.
PS3555.N4254S87 2008   811'.54—dc22   2007027591

English edition originally published in the United States by Henry Holt and Company
Square Fish logo designed by Filomena Tuosto
Book designed by Lilian Rosenstreich
First Square Fish Edition: 2010
10 9 8 7 6 5 4 3 2 1
www.squarefishbooks.com

On October 10, 1868, a handful of Cuban plantation owners freed their slaves and declared independence from Spain. Throughout the next three decades of war, nurses hid in jungle caves, healing the wounded with medicines made from wild plants.

On February 16, 1896, Cuban peasants were ordered to leave their farms and villages. They were given eight days to reach "reconcentration camps" near fortified cities. Anyone found in the countryside after eight days would be killed.

My great-grandparents were two of the refugees.

Yo sé los nombres extraños
De las yerbas y las flores,
Y de mortales engaños,
Y de sublimes dolores.

I know the strange names
Of the herbs and the flowers,
And deadly betrayals,
And sacred sorrows.

—JOSÉ MARTÍ,
from *Versos Sencillos*
(*Simple Verses*), 1891

Contents

PART One

The Names of the Flowers
1850–51

Rosa

Some people call me a child-witch,
but I'm just a girl who likes to watch
the hands of the women
as they gather wild herbs and flowers
to heal the sick.

I am learning the names of the cures
and how much to use,
and which part of the plant,
petal or stem, root, leaf, pollen, nectar.

Sometimes I feel like a bee making honey—
a bee, feared by all, even though the wild bees
of these mountains in Cuba
are stingless, harmless, the source
of nothing but sweet, golden food.

Rosa

We call them wolves,
but they're just wild dogs,
howling mournfully—
lonely runaways,
like *cimarrones,*
the runaway slaves who survive
in deep forest, in caves of sparkling crystal
hidden behind waterfalls,
and in secret villages
protected by magic

protected by words—
tales of guardian angels,
mermaids, witches,
giants, ghosts.

Rosa

When the slavehunter brings back
runaways he captures,
he receives seventeen silver *pesos*
per *cimarrón,*
unless the runaway is dead.
Four *pesos* is the price of an ear,
shown as proof that the runaway slave
died fighting, resisting capture.

The sick and injured
are brought to us, to the women,
for healing.

When a runaway is well again,
he will either choose to go back to work
in the coffee groves and sugarcane fields,
or run away again
secretly, silently, alone.

Lieutenant Death

My father keeps a diary.
It is required
by the Holy Brotherhood of Planters,
who hire him to catch runaway slaves.

I watch my father write the numbers
and nicknames of slaves he captures.
He does not know their real names.

When the girl-witch heals a wounded runaway,
the *cimarrón* is punished, and sent back to work.
Even then, many run away again,
or kill themselves.
But then my father chops each body
into four pieces, and locks each piece in a cage,
and hangs the four cages on four branches
of the same tree.

That way, my father tells me, the other slaves
will be afraid to kill themselves.
He says they believe
a chopped, caged spirit cannot fly away
to a better place.

Rosa

I love the sounds
of the jungle at night.

When the barracoon
where we sleep
has been locked,
I hear the music
of crickets, tree frogs, owls,
and the whir of wings
as night birds fly,
and the song of *un sinsonte*,
a Cuban mockingbird,
the magical creature
who knows how to sing
many songs all at once,
sad and happy,
captive and free . . .

songs that help me sleep
without nightmares,
without dreams.

Rosa

The names of the villages where runaways hide
are *Mira-Cielo*, Look-at-the-Sky
and *Silencio*, Silence
Soledad, Loneliness
La Bruja, The Witch. . . .

I watch the slavehunter as he writes his numbers,
while his son,
the boy we secretly call Lieutenant Death,
helps him make up big lies.

The slavehunter and his boy agree to exaggerate,
in order to make their work
sound more challenging,
so they will seem like heroes
who fight against armies with guns,
instead of just a few frightened, feverish, hungry,
escaped slaves,
armed only with wooden spears,
and secret hopes.

Lieutenant Death

When I call the little witch
a witch-girl, my father corrects me—
Just little witch is enough, he says, don't add girl,
or she'll think she's human, like us.

A pile of ears sits on the ground,
waiting to be counted.

This boy has a wound,
my father tells the witch.
Heal him.

The little witch stares at my arm, torn by wolves,
and I grin,
not because I have to be healed by a slave-witch,
but because it is comforting to know
that wild dogs
can be called wolves,
to make them sound
more dangerous,
making me seem
truly brave.

Rosa

The slavehunter and his son
both stay away during the rains,
which last six months, from May
through October.

In November he returns with his boy,
whose scars have faded.

This time they have their own pack of dogs,
huge ones,
taught to follow only the scent
of a barefoot track,
the scent of bare skin from a slave
who eats cornmeal and yams,

never the scent of a rich man on horseback,
after his huge meal of meat, fowl, fruit,
coffee, chocolate, and cream.

Lieutenant Death

We bring wanted posters from the cities,
with pictures drawn by artists,
pictures of men with filed teeth
and women with tribal scars,
new slaves
who somehow managed to run away
soon after escaping from ships
that landed secretly, at night,
on hidden beaches.

I look at the pictures
and wonder
how all these slaves
from faraway places
find their way
to this wilderness
of caves and cliffs,
wild mountains, green forest, little witches.

Rosa

After Christmas, on January 6,
the Festival of Three Kings Day,
we line up and walk, one by one,
to the thrones where our owner and his wife
are seated, like a king and queen
from a story.

They give us small gifts of food.
We bow down, and bless them,
our gift of words freely given
on this day of hope,
when we feel like we have
nothing to lose.

Rosa

The nicknames of runaways
keep us busy at night,
in the barracoons, where we whisper.

All the other young girls agree with me
that *Domingo* is a fine nickname,
because it means Sunday, our only half day of rest,
and *Dios Da* is even better,
because it means God Gives,
and *El Médico* is wonderful—
who would not be proud
to be known as The Doctor?

La Madre is the nickname
that fascinates us most—
The Mother—a woman, and not just a runaway,
but the leader of her own secret village,
free, independent, uncaptured—
for thirty-seven
magical years!

Lieutenant Death

My father captures some who pretend
they don't know their owners' names,
or the names of the plantations
where they belong.

They must want to be sold
to someone new.

They must hope that if they are sold here,
near the steamy, jungled wilderness,
they will be close to the caves,
and the waterfalls,
and witches.

My father brings the same runaways back,
over and over.

I don't understand why they never give up!
Why don't they lose hope?

Rosa

People imagine that all slaves are dark,
but the indentured Chinese slaves run away too,
into the mangrove swamps,
where they can fish, and spear frogs,
and hunt crocodiles by placing a hat on a stick
to make it look like a man.

The crocodile jumps straight up,
out of the gloomy water,
and snatches the hat,
while a noose of rope made from vines
tightens around the beast's green, leathery neck.

I would be afraid to live in the swamps.
People say there are *güijes,*
small, wrinkled, green mermaids
with long, red hair and golden combs . . .
mermaids who would lure me
down into the swamp depths . . .
mermaids who would drag me into watery caves,
where they would turn me into a mermaid too . . ..
frog-green, and tricky.

Rosa

The slavehunter comes
with an offer.

He wants to buy me
so I can travel
with his horsemen
and his huge dogs
and his strange son
into the wild places
where wounded captives
can be healed
so they won't die.

The price
of a healed man
is much higher
than the price
of an ear.

Rosa

My owner refuses.
He needs me to cure
sick slaves
in the barracoons.

After each hurricane season
there are fevers, cholera, smallpox, plague.
Some of the sick can be saved.
Some are lost.
I picture their spirits
flying away.

I sigh, so relieved that I will not
have to travel with slavehunters
and the spies they keep to help them,
the captives who reveal the secret locations
of villages where runaways sneak back and forth,
trading wild guavas for wild yams,
or bananas for boar meat,
spears for vine rope,
or mangos for palm hearts, flower medicines,
herbs. . . .

Lieutenant Death

The weapons of runaways are homemade,
just sharpened branches, not real spears,
and carved wooden guns, which, I have to admit,
from a distance look real!

We catch *cimarrones* with stolen cane knives too,
all three kinds,
the tapered, silver-handled ones used by free men,
with engraved scallop-shell designs,
and the bone-handled, short, leaflike ones,
given to children,
and the fan-shaped, blunt ones,
used by slaves
for cutting sugarcane
to sweeten the chocolate and coffee
of rich men.

Rosa

Secretly, I hide and weep
when I learn that my owner
has agreed to loan me
to the slavehunter,
who brings his hunter-in-training,
his son, the boy with dangerous eyes,
Teniente Muerte,
Lieutenant Death.

Rosa

Spears and stones rain down on us
from high above
as we climb rough stairs
chopped into the wall of a cliff
somewhere out in the wilderness,
in a place I have never seen.

Sharp rocks slice my face and hands.
I will be useless—without healthy fingers,
how can I heal wounds
and fevers?

When the raid is over, many *cimarrones* are dead.
I try to escape, but Lieutenant Death forces me
to watch as he helps his father
collect the ears
of runaways.

Some of the ears come from people
whose names and faces
I know.

Lieutenant Death

I hate to think
what my father would say

if he knew that I am scared
of dogs, both wild and tame,

and ghost stories,
real and imaginary,

and witches,
even the little ones,

and the ears of captives,
still warm. . . .

Rosa

After the raid,
I tend the wounds
of slavehunters
and captives.

Some look at me with fear,
others with hope.

I tend the wounds of a wild dog,
and the slavehunters' huge dogs.
All of them treat me like a nurse,
not a witch.

The grateful dogs make me smile,
even the mean ones, trained to follow the tracks
of barefoot men.

They don't seem to hate
barefoot girls.

Hatred must be
a hard thing to learn.

PART
TWO

The Ten Years' War
1868–78

Rosa

Gathering the green, heart-shaped leaves
of sheltering herbs in a giant forest,

I forget that I am grown now,
with daydreams of my own,

in this place where time
does not seem to exist
in the ordinary way,

and every leaf is a heart-shaped
moment of peace.

Rosa

In the month of October,
when hurricanes loom,
a few plantation owners
burn their fields, and free their slaves,
declaring independence
from Spanish rule.

Slavery all day,
and then, suddenly, by nightfall—freedom!

Can it be true,
as my former owner explains,
with apologies for all the bad years—

Can it be true that freedom only exists
when it is a treasure,
shared by all?

Rosa

Farms and mansions
are burning!

Flames turn to smoke—
the smoke leaps, then fades
and vanishes . . .
making the world
seem invisible.

I am one of the few
free women blessed
with healing skills.

Should I fight with weapons,
or flowers and leaves?

Each choice leads to another—
I stand at a crossroads in my mind,
deciding to serve as a nurse,
armed with fragrant herbs,
fighting a wilderness battle, my own private war
against death.

Rosa

Side by side, former owners and freed slaves
torch the elegant old city of Bayamo.
A song is written by a horseman,
a love song about fighting for freedom
from Spain.
The song is called *"La Bayamesa,"*
for a woman from the burning city of Bayamo,
a place so close to my birthplace, my home. . . .

Soon I am called *La Bayamesa* too,
as if I have somehow been transformed
into music, a melody, the rhythm of words. . . .

I watch the flames, feel the heat,
inhale the scent of torched sugar
and scorched coffee. . . .
I listen to voices,
burning a song in the smoky sky.

The old life is gone, my days are new,
but time is still a mystery
of wishes, and this sad, confusing fragrance.

Rosa

The Spanish Empire refuses to honor
liberty for any slave who was freed by a rebel,
so even though the planters
who used to own us
no longer want to own humans,
slavehunters still roam
the forest, searching, capturing, punishing . . .

so we flee
to the villages
where runaways hide . . .
just like before.

Rosa

In October,
people walk in long chains of strength,
arm in arm, to keep from blowing away.

The wildness of wind, forest, sea
brings storms that move
like serpents,
sweeping trees and cattle
up into the sky.

During hurricanes, even the wealthy
wander like beggars,
seeking shelter,
arm in arm with the poor.

Rosa

War and storms make me feel old,
even though I am still young enough
to fall in love.

I meet a man, José Francisco Varona,
a freed slave,
in the runaway slave village we call Manteca,
because we have plenty of lard to use as cooking oil,
the lard we get
by hunting wild pigs.

We travel through the forest together,
trading lard for the fruit, corn, and yams
grown by freed slaves and runaways,
who live together in other hidden towns
deep in the forest, and in dark caves.

José and I agree to marry.
Together, we will serve as nurses,
healing the wounds of slavery,
and the wounds of war.

Rosa

The forest is a land of natural music—
tree frogs, nightingales, wind,
and the winglets of hummingbirds
no bigger than my thumbnail—
hummingbirds the size of bees
in a forest the size of Eden.

José and I travel together,
walking through mud, thorns,
clouds of wasps, mosquitoes, gnats,
and the mist that hides
graceful palm trees,
and the smoke that hides burning huts,
flaming fields, orchards, villages, forts—
anything left standing by Spain
is soon torched by the rebels.

José carries weapons,
his horn-handled machete,
and an old gun of wood and metal,
moldy and rusted,
our only protection against an ambush.

The Spanish soldiers dress in bright uniforms,
like parakeets.
They march in columns, announcing
their movements
with trumpets and drums.

We move silently, secretly.
We are invisible.

Rosa

A Spanish guard calls, *¡Alto!* Halt!
¿Quién vive? Who lives?
He wants us to stop, but we slip away.

He shouts: *mambí* savages,
and even though *mambí* is not a real word,
we imagine he chooses it
because he thinks it sounds Cuban, Taíno Indian,
or African, or mixed—a word from the language
of an enslaved tribe—
Congo, Arará, Carabalí, Bibí, or Gangá.

Mambí,
we catch the rhythmic word,
and make it our own,
a name for our newly invented warrior tribe
made up of freed slaves fighting side by side
with former owners,
all of us fighting together,
against ownership of Cuba
by the Empire of Spain,
a ruler who refuses
to admit that slaves
can ever be free.

José

Dark wings, a dim moonglow,
the darting of bats,
not the big ones that suck blood
and eat insects,
but tiny ones, butterfly-sized,
the kind of bat
that whisks out of caves to sip nectar
from night-blooming blossoms,
the fragrant white flowers my Rosa calls
Cinderella,
because they last only half a night.

Rosa leads the bats away from our hut.
They follow her light, as she holds up a gourd
filled with fireflies, blinking.

I laugh, because our lives, here in the forest,
feel reversed—
we build a palm-thatched house to use
as a hospital,
but everything wild that belongs outdoors
keeps moving inside,
and our patients, the wounded, feverish
mambí rebels,

who should stay in their hammocks resting—
they keep getting up,
to go outside,
to watch Rosa, with her hands of light,
leading the bats far away.

Lieutenant Death

They think they're free.
I know they're slaves.

I used to work for the Holy Brotherhood
of plantation owners, but now I work
for the Crown of Spain.

Swamps, mountains, jungle, caves . . .
I search without resting, I seek the reward
I will surely collect, just as soon as I kill
the healer they call Rosa *la Bayamesa,*
a witch who cures wild *mambí* rebels
so they can survive
to fight again.

Lieutenant-General Valeriano Weyler y Nicolau, Marquis of Tenerife, Empire of Spain

When the witch is dead,
and the rebels are defeated,
I will rest my sore arms and tired legs
in the healing hot springs on this island of fever
and ghostly, bat-infested caves.

If the slavehunter fails,
I will catch her myself.
I will kill the witch, and keep her ear in a jar,
as proof that owners cannot free their slaves
without Spain's approval

and as proof
that all rebels in Cuba
are doomed.

Rosa

Rumors make me short of breath,
anxious, fearful, desperate.

People call me brave, but the truth is:
Rumors of slavehunters terrify me!

Who could have guessed that after all these years,
the boy I called Lieutenant Death
when we were both children
would still be out here, in the forest,
chasing me, now,
hunting me, haunting me. . . .

Who would have imagined
such stubborn dedication? . . .
If only he would change sides
and become one of us, a stubborn,
determined, weary nurse,
fighting this daily war
against death!

José

Rosa's fame as a healer brings danger.
She cannot leave our hut,
where the patients need her,
so I travel alone to a field of pineapples
where a young Spanish soldier lies wounded
in his bright uniform,
his head resting between mounds
of freshly harvested fruit.

The leaves of the pineapple plants
are gray and sharp, like machetes
the tips of the leaves cut my arms,
but I do my best to treat the boy's wounds.
I do this for Rosa, who wants to heal all.
I do it for Rosa, but the boy-soldier thanks me,
and after I feed him and give him water,
he tells me he wants to change sides.

He says he will be Cuban now, a *mambí* rebel.
He tells me he was just a young boy
who was taken
from his family in Spain,
a child who was put on a ship,

forced to sail to this island, forced to fight.
He tells me he loves Cuba's green hills,
and hopes to stay, survive, be a farmer,
find a place to plant crops. . . .

Together, we agree to try
to heal the wounds between our countries.
I help him take off his uniform.
I give him mine.

Rosa

We experiment
like scientists.

One flower cures
only certain fevers.

We try another.
We fail, then try a root, leaf,
moss, or fern. . . .

One petal fails.
Another succeeds.

José and I are both learning
how to learn.

Lieutenant Death

The witch
can be heard
singing in treetops.

The witch
can be seen—
a shadow
in caves.

I search,
and I search.

She vanishes,
just like the maddening
morning mists
and the wild
mambí rebels.

They attack.
We retreat.
They hide.
We seek.

Rosa

Itchy *guao* leaves,
biting mosquitoes,
and invisible, no-see-um *chinches*,
burrowing ticks, worms, and fungus,
growing in the flesh of the feet.

Gangrene, leprosy, amputations,
I never give myself permission
to look or sound horrified . . .

until I'm alone
at the end of the day,
alone, with the music
of nightingales.

José

We have seventeen patients
in our thatched hut
hidden by forest
and protected by guards,
dogs, traps, and tales of ghosts.

Seventeen feverish, bleeding, burning,
broken men, with bayonet wounds,
and women in childbirth,
and newborn babies . . .

seventeen helpless people,
all depending on us,
seventeen lives, blessings, burdens.

How can we heal them?
We are so weary!
Who will heal us?

Rosa

Grateful families give us chickens,
guinea hens and coconuts,
sweet potatoes,
cornmeal,
a hat, a knife,
a kettle,
a kerchief.

New mothers name their sons José
and their daughters Rosa.
Orphans stay with us,
working alongside the young Spaniard,
who chose to change sides,
and become Cuban.

True healers never charge any money for cures.
The magic hidden inside flowers and trees
is created by the fragrant breath of God—
who are we to claim payment
for miracles?

Who are we to imagine
that the forest belongs to us?

Now, if only God who made the petals
and roots
will grant me one more gift—
a peaceful mind,
escape from the rumors that haunt me,
tales of prowling slavehunters,
warnings about Lieutenant Death.

José

We move all our patients into a cave,
a cathedral of stone,
where Rosa hopes to feel safe.

Crystals glow in the light
of palm-leaf torches
and living fireflies.

The stones seem to move like clouds,
forming bridges, pillars, fountains. . . .

Rosa tells me she feels like one of those statues
that hold up the roofs of old buildings.
I picture the two of us, carved and polished,
motionless, yet alive,
holding up our roof of hope.

Rosa

Hiding in this cave makes me remember
the secret village where runaway slaves
and freed slaves all hid together
during the early months
of this endless war.

The houses were made of reeds and palms,
green houses that looked just like forest.

We built them in a circle,
and at the center, hidden,
we built a church of reeds,
where we would have loved to sing
if we did not always have to be hiding
and silent.

Now, in the cave, I hum quietly.
My voice echoes, and grows.
I sound so much braver and stronger
than I feel.

José

I dream of a farm
with one cow, one horse,
oxen for plowing,
chickens and guinea hens
for Holy Day meals,
and a small grove of trees,
coffee and cacao
shaded by mangos.

I dream of cornfields,
sweet potatoes, bananas,
and a palm-bark house
with a palm-thatch roof,
and a floor of earth,
a porch,
two rocking chairs,
and a view of green wilderness
stretching, like time. . . .

Rosa

Cave of Nightmares,
Cave of Pirates, Cave of Neptune,
Cave of the Generals,
Lagoon of Fish,
Rosa's Cave.

How many names
can one place have?
How many tales
of frightened people hiding,
and blind creatures thriving,
tales of mermaids, sea serpents,
giants, and ghosts. . . .

I leave my handprint on glittering crystal
beside cave paintings made in ancient times—
circles, moons, suns, stars;
my palm, the fingers,
star-shaped too. . . .

Ten years of war.
How many battles
can one island lose?

Lieutenant-General Valeriano Weyler y Nicolau, Marquis of Tenerife, Empire of Spain

We call Cuba our Ever-Faithful Isle,
yet these wild *mambí* rebels are loyal
only to the jungle, and their illusions
of freedom.

We leave the land smoking—
each farm and town turns to ash.

The barracoons where slaves
should be sleeping are empty.

The flames look like scars
on the red, sticky clay
of this maddening island
ruled by mud and mosquitoes.

Rosa

In order to talk to my patients I learn
a few words from each of many languages,
the words of African and native
Cuban Indian tribes,
and all the dialects of the provinces of Spain.

I even invent my own secret codes,
but the ones taught by birds are the best,
especially when mixed
with the music of conch-shell trumpets,
bamboo flutes, rattles, drums,
and the Canary Islanders'
language of Silbo,
a mystery of whistles.

Animals and plants help me learn
how to understand all these ways of knowing
what people are trying to say.
The ears of a horse show anger, or fear.
The eyes of oxen tell of weariness.
Voices of birds chant borders around nests.

Yellow acacia flowers whisper secrets of love.
Green reeds play a wild, windy music.

Pink oleanders are a poisonous message
that warns:
¡Cuidado! Beware!
Fragrant blue rosemary speaks of memory.
White poppies mean sleep.
White yarrow foretells war.

José

The most famous of our *mambí* generals
are called the Fox and the Lion.
Máximo Gómez is the Fox, slender and pale,
a foreigner from the island of Hispaniola.
First he was a Spanish soldier,
then a rebel,
and now we think of him as Cuban.

The Lion is Antonio Maceo, our friend since birth,
a local man of mixed race.
Some call him the Bronze Titan,
because he is powerful, and calm.

The Fox loves to quote philosophers, poets,
and the Proverbs of King Solomon.
He tells Rosa that those who save lives are wise,
like trees that bear life-giving fruit.

The Lion adds that kindness to animals
and children
is a part of Rosa's natural gift,
but healing the wounds of enemy soldiers
is a strange mercy that floats down
from heaven.

Rosa

The Lion and the Fox
visit our hospital huts and caves.
We have many now.
We travel from one to another,
carrying medicines, and hope.

I wear an ammunition belt,
and an old gun, a carbine,
to make José happy, because he insists
that I must learn to defend myself
against spies.

Lieutenant Death

I watch
from a treetop,
looking down
at the top
of her head.

So simple.
Her hair
in a kerchief.
Her gun,
rusty, useless . . .

She is not
what I expected
of someone so famous
for miracles.

I take aim,
then wait,
searching. . . .
How did she do it. . . ?
Is she a real witch. . . ?
How does she make herself
vanish?

Rosa

A man is carried into the hospital, wounded—
he fell from a tree.

I know his face, and I can tell that he
recognizes me.
We were children, we were enemies . . .
Now he is my patient,
but why should I cure him,
wasting precious medicines
on a spy who must have been sent
to kill me?

Each choice leads to another.
I am a nurse.
I must heal the wounded.
How well the Lion knows me! Didn't he say
that curing the enemies
is not my own skill, but a mercy from God?

Each choice leads to another.
I am a nurse.
I must heal.

Lieutenant Death

I sneak away,
my arm splinted,
my head bandaged.
Now I know
where Rosa *la Bayamesa*,
the cave nurse from Bayamo,
hides her patients—
in a hospital
of secrets,
surrounded by jungle,
walls of tree trunks,
fences of thorns—
now I know,
and I can sell
this information
for many smooth
round coins
of gold!

Rosa

The parakeet-bright Spanish soldiers
come marching
with torches, and Mausers, and trumpets.

We are forced to escape, move our patients, hide,
find a new home, new hope, a new cave . . .
although clearly, this one too is ancient—
every wall and spire of crystal
bears the marks of other fugitives,
people who hid here
long ago—
people who left
their handprints on stone.

Will I ever feel safe?
Can I continue?
When will I rest,
if my sleep
always turns
into whirlwinds,
this spiral
of nightmares? . . .

José

One more escape.
We are safe.
We whisper.
We hide.
We hope.
We explore
our new home,
this vast, glittering cavern
of crystals, darkness, silence. . . .

Rosa

The caves, this stench, the bat dung, urine,
frogs, fish, lizards, *majá* snakes,
all so pale and ghostly, some eyeless, all blind . . .

and the crystals, these archways and statues,
these flowers of stone . . .

shadows, pottery, bones . . .
the skeletons of those who hid here
so long ago, when I was a child,
when I was a slave . . .

Rosa

We send messages to the Fox and the Lion.
No one else knows where we are.

We learn to live in darkness,
without so many lanterns and torches,
fireflies, and candles
made from the wax
of wild bees.

We drink wild honey
instead of sugarcane syrup.

We are far from any farms or towns.
We eat the blind lizards and ghost-fish.

We know how to live
with the stench of black vomit,
yellow fever in its final stage. . . .

Rosa

The fevers and wounds of war are deadly,
yet somehow
many of our patients survive to go back out,
and fight again.

Our former owners have been healed here.
They treat us like brothers and sisters, not slaves.

The Fox and the Lion keep our location secret.
We are not found on their maps,
or in their diaries.

Everyone here knows the truth—
I am a nurse, not a sorceress.

I am just a woman of weary, wild hopes—
not a magician, not a witch.

José

Rosa remembers the names
of all who pass through her hands,

the patients who survive, and those who rise,
breath vanishing into the sky. . . .

It's all she can offer,
just forest medicines,

and her memory, reciting the names of people
along with the names of the flowers.

Rosa

Ten years of war are over.
A treaty. Peace.
So many lives were lost.
Was anything gained?
The Spanish Empire still owns
this suffering island,
and most of the planters
still own slaves.

Only a few of us were set free
by rebels who have been defeated.
Spanish law still calls me a slave.
Lieutenant Death has not lost
his power.

PART
Three

The Little War
1878–80

Rosa

Too soon,
the battles
begin again.

Mercifully,
this new war
is brief.

Tragically,
this new war
is futile.

Sometimes, war feels
like just one more
form of slavery.

José

We heal the wounded
just like before.

We hide in the jungle
just like before.

We are older.
Are we wiser?

Sometimes war feels
like a lonely child's game,
one that explodes
out of control.

Rosa

Between wars,
José and I were just
a man and his wife.
We were free
to stay together.
José never had to leave me
to scout, or hunt,
or fight.

Between wars,
life was heavenly,
except when the slavehunters
were near,
with our names
on a list.

José

Mothers come to us
with tales of children
lost in the chaos.

They must imagine
that we know how to find
little ones who hide in barns,
and teenagers armed with anger.

If we knew how to find
the lost, we would know
how to rediscover
the parts of our minds
left behind
in battle.

Rosa

This is how you heal a wound:
Clean the flesh.
Sew the skin.
Pray for the soul.
Wait.

José

A wounded child tells me
he has never seen a grown man
who was proud to be a nurse.

Women's work, he mocks,
but I smile—what could be
more manly than knowing
the strange names and magical uses
of sturdy medicinal trees
with powerful,
hidden roots?

Lieutenant Death

I feel old,
but I am young enough
and strong enough
to know that one battle
leads to another.

As this Little War ends,
I ask myself
how many years will pass
before I finally have my chance
to kill Rosa the Witch,
and her husband, José,
and the rebels they heal,
year after year,
like legends kept alive
with nothing more magical
than words?

Rosa

The Little War?
How can there be
a little war?

Are some deaths
smaller than others,
leaving mothers
who weep
a little less?

José is hopeful that soon
there will be another chance
to gain independence from Spain,
and freedom for slaves,

but all I see is death, always the same,
always enormous, never little,
no matter how many women come to help me,
asking to be trained in the art of learning
the names of forest flowers
and the names of brave people.

PART
Four

The War of Independence
1895–98

Rosa

This new war begins with rhymes,
the *Simple Verses* of Martí,
Cuba's most beloved poet.
José Martí,
who leads with words
not just swords.

He is the one who inspires
the Fox and the Lion to fight again,
even though Martí was just a child-poet
during the other wars,
a teenager arrested
for writing about Cuba's longing
for independence from Spain
and freedom from slavery.

Martí is the son of a Spaniard.
He writes of love for his Spanish father,
and he writes of the need for peace—
yet he fights.
He tells me the forest comforts him
more deeply than the musical waves
of the most beautiful beach.

Martí soon loses his life
in battle.

I cannot save the poet
from bullets.

José

Once again, the Fox and the Lion gallop
across our green mountains and farms,
burning the sugar fields and coffee groves,
the tobacco plantations, scented smoke rising
like a wild storm
of hope. . . .

Once again, I guard Rosa's hospitals
while she nurses the sick and wounded
in secret places, thatched huts,
and glittering caves. . . .

Once again, we travel invisibly,
slipping through lines of Spanish forts and troops
on moonless nights,
puffing cigars to make our movements
look like the blinking dance
of fireflies. . . .

Lieutenant Death

Once again, light men and dark
fight side by side,
as if there had never been slavery. . . .
I shake my head, still unable to believe
that slavery ended in 1886—
all the skills of my long life,
all the arts of slavehunting
will be lost. . . .

At least I do not feel useless—
there are still indentured Canary Islanders,
white slaves, citizens of Spain.
When they run, I chase them, just like before—
just like the old days,
when there were Africans of every tribe,
and the indentured Chinese, and the Irish,
and Mayan Indians from Yucatán. . . .

Nothing makes sense now.
I long to retire, on a farm with a view
of the sunset,
and a porch with a rocking chair . . .
just as soon as I kill
the old witch. . . .

Captain-General Valeriano Weyler y Nicolau, Marquis of Tenerife, Empire of Spain

This new rebellion must end swiftly—
I have promised victory
within thirty days.

I will send out a proclamation
ordering all peasants to report immediately
to cities where they cannot grow crops
for feeding rebels,
their cousins,
their brothers. . . .

I will give the peasants eight days
to reach them,
these *campamentos de reconcentración*,
a name of my own invention—
reconcentration camps,
a brilliant new concept,
the only strategy that can ensure
absolute control of all the land
while being portrayed
as a way of keeping peasants guarded
for their own safety.

When eight days have passed,
any man, woman, or child
found in the countryside
will be shot.

Rosa

Eight days?
Eight days.
Weyler is a madman.
How can he expect
so many to travel so far
so quickly?

Eight days.
Impossible.
Thousands of families
will not even hear
about the order
to reconcentrate
in camps
within eight days.

Silvia

I am eleven years old, and my life is this farm.
My father is dead,
and my mother is sick.
My life is planting, harvesting,
and caring for my twin brothers.

Only eight days . . .
impossible to believe.

I do not pack our things right away.
First I wait to see if this strange rumor
is true.
Then, brightly uniformed troops
burn our house,
swooping across our farm like hungry birds,
stealing the wagon and oxen, horses, mules,
even the chickens,
and the cow we need
for milk to feed the twins,
my baby brothers—
will they starve?

Nothing is left to pack, not even clothes,
so I walk away from the farm,

leading my mother,
and carrying the babies,
while my eyes watch the mountains,
and my thoughts turn
toward tales of healers
the legend of Rosa. . . .

Silvia

Long ago, my grandma
was one of Rosa's patients
in a hospital cave—
all my life, I've heard wonderful
tales of healing.

When this new war started,
my grandma told me
how to flee to the caves.

Finding Rosa now seems as likely
as convincing her that I am old enough
to help treat the wounded
by learning the art of mending bones,
using nothing more magical
than the flowers
of jungle trees.

At least I know the names of the flowers—
that much, my grandma taught me.

Rosa

I climb a palm tree
and watch the madness
from my hidden perch.

Soldiers herd peasants
into a camp, fenced and guarded,
surrounded by trenches and forts.

I see no houses or tents, no hospital. . . .
All I can do is watch with silent tears
as wounded men, pregnant women,
and helpless children are herded
into the camp—
just another name
for prison.

Silvia

My mother is weak,
so I have to be strong.

Obediently, I shuffle into the Spanish Army's
strange camp, this reconcentration camp
where I do not know what to expect.
I clutch my little brothers tightly
in my arms,
secretly wondering if the armed guards can tell
that I am thinking of Rosa's miraculous flowers
in caves of crystal,
deep caverns
of hidden peace.

Rosa

When night falls,
I climb down from the palm tree
and slip away, back to the forest,
wishing I could take them all with me,
all the refugees flocking like birds
lost in a storm, flying to the mountains
to find trees that look like sturdy guardians
with leafy branches that whisper
soft lullabies of comfort.

A few refugees find us.
Some are the children
of women who helped me
nurse the wounded
long ago. . . .

I teach the granddaughters
of women whose lives I saved
and men whose lives were lost.

José

We try to help the refugees
who find us.
Rosa entertains frightened children,
pretending to be a magical dentist,
as she reaches into the mouth of a man
whose throbbing tooth must come out
if he is going to survive.

She seems to be pulling the tooth
with her bare fingers.
I am the only one who knows
that she hides a tiny key
in her hand, a simple tool
to ease the man's suffering.

When the tooth is out,
he whispers thanks,
and he tries to laugh a little bit,
making his pain seem to vanish,
a comfort to the startled,
giggling children.

I am the only one
who sees Rosa's sorrow,

the only one who knows
how hard it is to start again,
another war of fever and wounds,
the exhaustion created
by endless hope . . .

Silvia

Hunger, fever,
my mother's moans,
my brothers' shrieks,
the madness, cruelty, or kindness
from each new neighbor,
all these weeping strangers
huddled into makeshift houses
of leaf and twig, palm frond and mud.
Patience, impatience, hopelessness, hope . . .

I stare at the forts
with holes in the wood
that look like eyes—
holes for the guns
of soldiers
who watch us
day and night.

Rosa

The numbers are impossible.
I cannot heal so many.

Women come as volunteers.
I teach them simple cures.

Garlic for parasites, indigo for lice,
wild ginger to soothe a cough,
jasmine for calming jittery nerves,
guava to settle the stomach,
aloe for burns.

Is there at least one wild,
fragrant remedy
for healing sorrow
and curing fear?

Silvia

Beyond the fence there is a special tree
for hanging those who try
to escape.

Corridors of shacks built from mud and sticks,
babies too weak to eat or cry,
yellow fever, cholera, smallpox, tetanus,
malaria, dysentery, starvation,
my mother's feverish, distant eyes . . .

this camp is the ash and soot
of human shame.

José

Rage, fury, no time for fear,
no room for sadness.

We like to joke
about Spanish soldiers owning
only the small, foot-shaped parts of Cuba
beneath their own feet.

We like to say that we have learned
how to appear to obey the Spanish Empire's laws
without actually obeying.

Our lives are caves
filled with secrets.

Silvia

Today I am twelve.
My mother is in heaven.
I feel twelve thousand.

An oxcart took her.
The driver is dark, with a kind smile.
I ask him why he does this work,
and he explains that he is a volunteer
from the Brothers of Charity and Faith,
a church group of black men who tend the sick
and bury the dead, even executed criminals
abandoned by their own families.

I ask him if he knows
how I can find Rosa *la Bayamesa,*
the Cave Nurse of Cuba.

He looks surprised, but he answers quietly:
First you will have to cross the fence—
first you will have to escape.

Silvia

The oxcart comes every afternoon,
People call it the death-cart.
But I think of it as a chariot
driven by my friend, an angel,
a Brother of Charity and Faith.

The angel-man brings me
tiny bits of smuggled food,
but there is never enough,
and my brothers are turning
into shadows.

I feed them
imaginary meals
of air.

Rosa

The wind
is an evil wind.

I make rope from strips of hibiscus wood,
and splints of palm bark,
my only hope for mending bones.

My greatest fear is of being useless,
so I pierce and drain infected wounds
with the thorns of bitter orange trees,
and I treat the sores of smallpox
with the juice of boiled yams.

I use the perfumed leaves
of bay rum trees
to mask the scent
of death.

José

General Máximo Gómez, the Fox,
asks Rosa to choose twelve trustworthy men
who can help us build a bigger hospital,
so sturdy and so well-hidden
that it will never be found
or attacked.

My wife says two trustworthy men
will be enough.

She tells the Fox that she is strong.
She wants to help chop the wood
for building our new home.

Silvia

Concentrate. Reconcentrate.
Mass, cluster, bunch, and heap.
Weyler's camp makes my arms and legs
so skinny that even my mind feels hungry.
Concentrate. Reconcentrate.
Plan, pay attention, focus; think.
I am alone now. My brothers
are with my mother.
The oxcart comes and goes.

The Brother of Charity and Faith
sees my hopelessness.
He lets me ride with him,
hiding in the oxcart.
I am leaving.
Where will I go?

Silvia

The wagon creaks,
wheels sing . . .
the night is moonless,
my body feels ancient,
my mind feels new.

The driver turns and smiles.
He hands me his cigar, a blinking light.
He shows me how to pretend
that I am a firefly.

He points to a hole in the fence,
puts his finger to his lips,
then draws a map in the sky—
a picture of the way
to find Rosa.

Silvia

I dance through the hole in my fenced life,
moving the make-believe firefly with my hand,
not my mouth, because I am afraid I would not
be able to stop coughing.

The tiny light rises, dips, flits,
just a foul-scented cigar
pretending to fly,
but it carries a memory
of the oxcart driver's hand,
showing me how to find the woman
who once saved my grandma's life.

Rosa's cave is the only place I long to be
now that my family is in heaven.

Silvia

Tree frogs, screech owls, the dancing leaves
of feathery ferns, the fragrant petals
of wild orchids.

Night wings, crickets,
imagining secrets,
wondering which flowers
might save a life,
and which could be dangerous,
if I don't learn quickly, if I feed a patient
just a little too much . . .

Will Rosa teach me?
Is Rosa real, or just one more
of those comforting tales
the old folks tell
at bedtime?

Silvia

Moonless thunder, silent lightning, the tracks
of mountain ponies.

Mambí birdcalls, a stream, tall reeds, the song
of a waterfall, my own tumbling, exhausted,
singing wild hopes.

A trail, more hoofprints, a woman in blue
with long, loose black hair just like my own.

The whistle of a Canary Islander,
speaking the secret language of Silbo.

My bare, bony feet running, following,
racing toward Rosa. . . .

José

All night I stand guard, singing silently
inside my mind, to keep myself awake.

In daylight I sleep, while others watch.
A whistle reaches into my dream . . .

the face of a pale, skeletal child,
two eyes, deep green pools
of fear. . . .

Silvia

Does the old man in the forest
know that he sings in his sleep?

I stare, he stares,
then we both smile.
Rosa, I hear myself chant the name
over and over,
begging for a flower-woman
who will teach me how to save lives.

I tell the old man that I already know
the names of the blossoms, all I need is a chance
to learn their magic.

With a sigh, he says,
Yes of course, one more child
is always welcome,
follow me. . . .

Rosa

The new girl is so thin and pale
that I cannot let her help me
until she has learned
how to heal herself.

I make her eat, sleep, rest.
She resists.

I see a story in her eyes.
She thinks she has no right to eat
while so many others starve.

Silvia

Rosa is a bully.
I thought she would be sweet and kind,
but she forces me to sip my soup,
and she stitches a cut on my forehead,
just a scratch from a thorn in the forest,
but she studies it the way I studied the forts
at the camp, with the holes for guns
that look like eyes.

The needle hurts, the thread itches.
Maybe I don't want to be a nurse after all.
Speed, Rosa tells me, is the best painkiller,
so she stitches my skin quickly, calmly,
her expression as mysterious as a book
written in some foreign alphabet
from a faraway land.

She looks at my tongue,
puts her finger on my wrist,
explains that she is counting my pulse.
She tells me I do not have leprosy or plague,
measles, tetanus, scarlet fever,
jaundice, or diptheria.

By now, she adds, you must be immune
to yellow fever,
and malaria, well, that is an illness most Cubans
will carry around
all our lives.

I picture myself lugging a suitcase loaded
with heavy diseases. . . .
I daydream a ship, an escape route, the ocean. . . .

Rosa

The girl is well enough to learn.
I show her one cure at a time.
A poultice of okra for swelling.
Arrowroot to draw poison out of a wound.
Cactus fruit for soothing a cough.
Hibiscus juice for thirst.
Honey for healing.

I show her the workshop where saddles are made
with leather tanned by pomegranate juice,
and I show her the workshop
where hats are woven
from the dry, supple fiber of palm fronds,
and the place where candles
of beeswax are shaped
to light the rare books
from which cave children learn
how to read comforting Psalms,
and the *Simple Verses* of José Martí,
our poet of memory,
our memory of hope. . . .

Rosa

Young people are like the wood of a balsa tree,
light and airy—they can float, like rafts,
like boats. . . .

José and I are the rock-hard wood
of a *guayacán* tree,
the one shipbuilders call Tree of Life
because it is so dense
and heavy with resin
that it sinks,
making the best propeller shafts—
the wood will never rot,
but it cannot float. . . .

Young people drift on airy daydreams.
Old folks help hold them in place.

Silvia

Rosa helps me see the caves
in her own way.
I gaze around at the forest,
where she has been free,
so alive in this wonder,
where trees grow like castle towers,
with windows opening
onto rooms of sunlight.

I can no longer imagine
living anywhere else,
without this garden of orchids
and bright macaws.

I think of all I know
about tales of castles.
There is always a dungeon,
and a chapel,
bells of hope. . . .

Rosa

Silvia tells me that she used to visit
her grandparents in town.

They kept caged birds,
and in the evenings they walked,
carrying the cages up a hill
to watch the sunset.
Inside each cage, the captive birds
sang and fluttered, wings dancing.

Silvia admits that she always wondered
whether the birds imagined they were flying,
or maybe they understood the limitations
of bamboo bars, the walls of each tiny cage.

Now I ask myself about my own limitations,
trying to serve as mother and grandmother
to a child who has lost
everyone she ever loved.

Rosa

The Fox has named me
the first woman Captain
of Military Health,
the first Cuban rebel army nurse
who will be remembered
by name.

I think of all the others
who went before me
in all three wars,
curing the wounded, healing the sick,
nameless women, forgotten now,
their voices and hands
just part of the forest,
whispering like pale *yagruma* leaves
in a breeze.

On hot days, even the shade
from a *yagruma* leaf
offers soothing medicine,
the magic of one quiet moment
of peace.

José

Warnings fly from every direction.
Lieutenant Death, the old slavehunter,
never gives up.
He is seen far too often, tracking, stalking,
hunting his prey.

The price for Rosa's ear grows—
her ear, the proof of her death.

I climb a towering palm tree,
to watch the movements of shadows below.
I wait, studying the shapes to see
which might be wounded rebels,
coming to Rosa for help,
and which could be Death,
bringing his nickname,
even though Rosa healed his flesh
so long ago.

She did not know
how to heal
his soul.

Lieutenant Death

Strangler fig, candle tree, dragon's blood.
The names of forest plants lead me
toward Rosa the Witch.

I can never let anyone learn my real name,
or there will be rebel vengeance, after I kill her.

She is a madwoman—just yesterday, I heard
that she cleaned and bandaged the wounds
of forty Spanish soldiers,
and that Gómez the Fox let them all go,
seizing only their horses, saddles, and weapons,
leaving them enough food to survive.

No wonder so many young Spanish boys
are switching sides, joining the rebels,
becoming Cubans.

She must be stopped.
It makes no sense, healing her enemies
so they will turn into friends.

Rosa

When I travel
between two hospitals,
I listen to trees that speak
with the movement of leaves.

The horse I ride
sings to me
by twitching his ears,
telling me how much
he hates
the flames of war.

I stroke his mane
to let him know
that I will keep him safe.
I hope it is true. . . .

Lieutenant Death

I camp beneath
a shelf of rock,
almost a cave,
I must be close. . . .

I crush a flower bud,
popping it
to squirt the juice
that would have turned
into a blossom
with nectar
for honeybees.

Silvia

How long have Rosa and I roamed
these green, musical hills?

Each step my little mountain pony takes
has a rhythm, the music of movement,
a way to make the most of every chance
to heal a wound, cure a fever, save a life. . . .

We ride through dark night,
surrounded by the beauty of owl songs,
tree frogs, cicada melodies,
the whoosh of bat wings
and leaves in a breeze,
all of it teaching me
how to sing without being discovered
by soldiers who would find us and kill us
if my song turned into words. . . .

Rosa

The scars of fear burn so intensely
that I no longer ride my horse
with a metal bit in his soft, sensitive mouth.

I do not use a bridle of rope
or a saddle of leather
or spurs of sharp metal.
I've learned how to guide the smooth gait
of my Paso Fino mountain horse
by shifting my weight and my gaze
ever so slightly,
just enough to tell him
where I want to go.

I've learned how to choose a direction
with my knees, and my hands,
and my hopes. . . .

Lieutenant Death

I wear a red tassel on my hat
to protect me against Rosa's evil eye.

The caves are endless.
If I never find Rosa,
will the cave serpents
find me?

Breathless, I race
back out, into sunlight,
where small blue lizards
and huge green iguanas
bob their heads
as if they are mocking me
with wicked, silent laughter. . . .

Has the witch cursed me?
Am I mad to think of such things
when I should be hunting, tracking,
hard at work?

Silvia

Before the war, a funeral meant bells,
trumpets, drums,
white flowers, and black horses
wearing black tassels.

Now we just kneel, then rise to our feet,
wondering why there are no priests
out here in the forest . . .
no tombstones or gravediggers with shovels,
just children with machetes tied to poles
for digging, and hardly any weeping
or singing, or flowers. . . .

I wonder what the king of Spain
would think if he could see us.
He's just a boy, around my age.
I've seen his picture, with sad eyes
and no smile—does he understand anything
about this war?

Lieutenant Death

I march beside an army of land crabs,
their orange claws clacking like drums.
Crocodiles leap from the swamps,
while tree rats stare down at them, haunted.

Green parrots swoop
above the swollen trunks
of potbellied palm trees.

Vultures nest in tunnels of mud.
A hummingbird hovers beside my ear.
Pink flamingos flock past me, cackling.
At night, a bat sips nectar
from white flowers
the size of my fist.

Fever seizes my mind.
Panic, anger, then fear again . . .
So many years in this jungle,
and now, here I am,
alone . . . lost . . . alone. . . .

José

We no longer have enough food
for so many patients.

Silvia and I go out to gather
wild yams and honey.

The child tells me her grandmother
showed her how to cure sadness
by sucking the juice of an orange,
while standing on a beach.

Toss the peels onto a wave.
Watch the sadness float away.

Rosa

One night, a hole appears in the thatch
of our biggest hospital's roof.

A woman's face.
A child.

The boy descends
as if floating.

He is sick. Heal him,
his mother pleads.

I look around, and realize
that she came through the roof
because the door was too crowded
with families weeping, rebels moaning,
women begging. . . .

This war is a serpent,
growing, stretching. . . .

Silvia

In wild swamps,
I clean and bandage
the gunshot wounds
of Spanish soldiers.

The youngest are children,
boys of eleven, twelve, thirteen. . . .

Those who survive thank me
with words and smiles,
even when the only medicines I have
are bits of lemon juice and ash.

Silvia

Sometimes we are so hungry
that we sing about making an *ajiaco* stew,
the kind where a kettle is filled with all sorts
of meats and vegetables.

It takes many cooks to make an *ajiaco*.
Each person brings only one slice of meat
or one potato, one *malanga* tuber or onion,
or salt from the sea.

When the stew is ready, everyone dances.
At the beach, kickfighting swimmers show off
the methods they've learned
for battling sharks.

Even though my *ajiaco* is an imaginary one,
I end up feeling that
something special has happened.
I fall asleep dreaming of music and friends,
not food.
I fall asleep with my whole family
all around me, still alive. . . .

Captain-General Valeriano Weyler y Nicolau, Marquis of Tenerife, Empire of Spain

In a palace in Havana,
I practice the art of the lance game,
riding a wooden horse around and around
on a carousel pushed by a slave.

Each time I complete the circle,
I stab my narrow sword
through a wooden ring.

When this war is over
and I have won,
I will buy one of those fancy
new mechanical carousels
with many painted horses
and a golden ring.

Silvia

Today the most amazing thing happened!
A man came from far away, to present the Fox
with a jeweled ceremonial sword
made by Tiffany,
someone very famous in New York,
the city where this visitor works
for a newspaper called the *Journal,*
a foreign name I can never
hope to pronounce.

When I asked Rosa why a newspaper
would care so much about our island,
I found her answer troubling.

She said tales of suffering sell newspapers
that make readers feel safe,
because they are so far away
from the horror. . . .

Silvia

More and more young people come to join us.
El Grillo, the Cricket, is small, dark, and lively.
His nickname is earned by chattering.
He is only eleven, but his job is important.
He helps the Spanish deserter
who cooks for the Fox.
How odd it must feel to work as a kitchen boy
in this forest, without a real kitchen,
especially on days when there is no food.

Some of the officers are only fourteen.
The Flag Captain is a girl my age.
When Spanish soldiers see her, they hesitate.
They are not accustomed
to shooting girls.

The Sisters of Shade weave hats
to bring relief from the sun.
They show me how to sew
a padded amulet of cloth
to wear over my heart, as protection
against bullets.

José

Each rebel has a nickname.
El Indio Bravo wears his black hair long,
like his native Taíno Indian ancestors.
Los Inglesitos have light hair,
so we call them the Englishmen,
even though they speak only Spanish.
Los Pacíficos are the Peaceful Ones.
They grow crops to feed their little ones,
instead of choosing sides in the war.

Nicknames of all sorts are worn proudly,
except for *majá*, which means cave boa,
like the snake that hides in darkness,
waiting for bats—
majá is the name we call cowards
who choose to ride the slowest horses
into battle, so they can be the first
to turn back, and survive
if a retreat is called.

José

War is like the game
of *gallina ciega*, blind hen.
We hide. They seek.
One shot from my old carbine,
and Spanish troops return fire
with thousands of Mauser balls,
cannons, explosives. . . .

So I hide, shoot, and wait
for them to waste ammunition,
firing back at me,
into the forest,
hitting nothing but trees.

Silvia

The wounded are sacred.
We never leave them.
When everyone else
flees the battlefield,
nurses are the ones
who rush to carry
the wounded
to Rosa.

I am learning
how to stay
far too busy
for worries
about dying.

Rosa

Today the children saved us,
our patients, the nurses, my husband, my life.
Spanish soldiers came marching
to the music of trumpets and drums.
Silvia, Cricket, and the Sisters of Shade
ran and grabbed beehives.

I was so weary, I was dreaming.
I had no idea that we were in danger.
I slept through the drumming and buzzing,
cries of fear, shouts of surprise. . . .
Our hives fooled the troops
into fleeing—they do not know
that these bees are stingless.

Now, we feast on wild honey.
We light a candle, and take turns reading
the *Simple Verses* of José Martí.
My favorite is the one about knowing
the strange names of flowers.

José

How strange and sudden
are changes in wartime.

Soon after the victory of beehives,
we suffer a dreadful defeat.
A spy has betrayed the Lion,
revealing his position.
He was ambushed.
He is gone.

The Fox is alone now, only one leader . . .
so many dreams.

Silvia

Our Lion is dead,
but Weyler the Butcher
has been sent back to Spain,
humiliated by his failure
to defeat *mambí* rebels. . . .
How can I decide
whether to weep for the Lion
or celebrate an end to Cuba's
reconcentration?

The camp where my family starved,
and shivered with fever—
the camp is open now—
the guards are gone.

Survivors can leave
if they have
the strength.

PART Five

The Surrender Tree
1898–99

Rosa

No one understands
why a U.S. battleship
has been anchored
in Havana Harbor.

We do not know
how the ship explodes,
killing hundreds of American sailors,
who must have felt so safe
aboard their sturdy warship.

Who can be blamed
for the bomb?

José

After the U.S. battleship *Maine*
explodes in Havana Harbor,
Spain's soldiers in Cuba
are no longer paid or fed
by their own country's
troubled army.

Deserters flee into the mountains
by the hundreds, then by thousands,
coming to us for mercy,
begging to switch sides
and become *mambí* rebels
because we know how to find
roots and wildflowers
to keep ourselves alive.

How swiftly old enemies
turn into friends.

Silvia

Foreign newspaper reporters
flood our valleys and mountains,
journeying to Cuba
from distant places
with strange names.
Some come with cameras,
others with sketchbooks.

Rosa poses calmly.
I smile.
Cricket laughs,
because even though some of the artists
are amazing,
others are sneaky—
one reporter sketches the fat cook,
making him look thin and handsome,
to flatter him
before begging for extra food.

Only José refuses to be photographed
or sketched—he claims he once
knew a man
who posed, and was harmed by the camera,
and has never been the same.

I do not believe that José is afraid.
He just wants to keep our faces
and our hospitals
safely hidden.

Rosa

The countryside is a ghostland
of burned farms and the ashes of houses,
skeletal trees blackened by smoke.

Rumors blossom
and wither like orchids.

Some say the U.S. Cavalry
is here to help us.
Others insist that the Americans
must have bombed
their own warship
just to have an excuse
for fighting in Cuba
so close to the end
of our three wars
for independence.

Silvia

The U.S. Cavalrymen
call themselves Rough Riders
but José calls them Weary Walkers
because fever makes them so weak
that they have to dismount
and lead their horses
through Cuba's swamps.

Some of the northerners
who come to our hospitals with fever
are dark men who laugh
when they call themselves
the Immunes.

They say they were promised
that if they volunteered to fight in Cuba
they would remain healthy—
apparently, in northern lands,
dark people were thought to be safe
from tropical fevers
until Cuba started teaching
northern doctors
the truth.

Rosa

I smile as Silvia tries to learn English
from our new patients, some light, some dark,
all speaking the same odd, birdlike language.

I can't understand
why dark northern soldiers
and light ones
are separated
into different brigades.
The dead are all buried together
in hasty mass graves,
bones touching.

José

I serve as a guide for the Rough Riders,
some of them Cherokee and Chippewa,
others old bear hunters and gold miners,
cattlemen, gamblers, college students,
and doctors.

Rosa will not allow the foreign doctors
to leech blood from feverish men
who are already weak,
or to cover their wounds with a paste
of poisonous mercury and chlorine,
so most of the Rough Riders
are taken away
to their own hospital ships,
where they can be treated
without the help
of my stubborn wife,
even though
she is right. . . .

Rosa

Gómez is truly a clever Fox.
He writes in his diary,
keeping track of every battle,
every movement, every Cuban guide
hired to help the Americans
find their way in our jungle,
as they chase bands of desperate
Spanish soldiers.

I am pleased to see the Fox
writing columns of numbers.
He records each debt, no matter how small.
He promises that every *Pacífico*,
every Peaceful One,
every hardworking farmer will be paid
for each grain of corn, each pig, each hen.

I thank God that some peasants
did not move to the camps.
We survive with food raised
by those who stayed hidden
in remote valleys,
planting by the moon,
and harvesting in sunlight.

Silvia

I watch as foreign soldiers
write letters home
to their families.

Cricket is fascinated too—
he has never been to school.
He can barely write.

One of the Rough Riders tells us
that he is writing to his wife
about us,
and about Rosa,
the way she treats everyone the same,
without taking payment,
or choosing favorites.

Rosa

I travel down to the remnants of camps,
where skeletal people now come and go freely,
walking like ghosts, wandering, grieving.

American nurses hand out food
to those who line up early,
while there is enough.
The nurses wear white-winged hats, like angels.
I meet Clara Barton, with her angel-wing hat.
The famous Red Cross nurse
tells me she is sorry she could not help sooner,
when there was no food
in the camps, and no medicine.
Now she can help,
but for so many, help comes too late.

She gives me a hat
with white wings, a blood-red cross,
the colors of jasmine
and roses.

Silvia

Some of the U.S. Army nurses
are young Lakota Sioux nuns
who have come here to help us
even though their own tribe in the north
has suffered so much, for so long,
starving and dying
in their own distant wars.

One of the nuns
is called Josefina Two Bears.
She promises to take care
of all the orphans
from the camps.

Rosa

In the caves, our pillows were stones
and our beds were moss.

Water trickled from crystal ceilings
with a sound like quiet music.

It was easy to imagine
a peaceful future,
a peaceful past. . . .

Now I sleep in a real bed, dreaming
that I am seated on a green, sunny roadside,
selling flowers—cup-of-gold vine, orange trumpet,
coral vine, flame tree, ghost orchid, roses. . . .

I dream that I am able to sell all these flowers
because it is peacetime,
and blossoms are treasured
for beauty and fragrance,
not potions, not cures. . . .

José

How will I deliver such strange news
to my wife, who has labored so hard
for so long, that even her sleep is not sleep,
but just dreams. . . .

How can I tell her that suddenly
this third war has ended?

If only I could tell her
that we won.

Instead, I must whisper a truth
that seems impossible—
Spain has been defeated,
but Cuba is not victorious.

The Americans have seized power.
Once again, we are the subjects
of a foreign tyrant.

Rosa

We helped them win
their strange victory
against Spain.

We imagined they were here
to help us gain the freedom
we've craved for so long.

We were inspired by their wars
for freedom from England
and freedom for slaves.

We helped them win
this strange victory
over us.

José

They choose a majestic tree,
a *ceiba*, the kapok tree
revered by Cubans,
a sturdy tree with powerful roots.

They choose the shade of spreading branches.
We have to watch from far away.
Even General Gómez,
after thirty years of leading our rebels,
even he is not invited
to the ceremonial surrender.

Spain cedes power before our eyes.
We can only watch from far away
as the Spanish flag is lowered
and the American flag glides upward.

Our Cuban flag
is still forbidden.

Rosa

Silvia has decided
to help the Sioux nuns
build an orphanage
for children
from the camps.

José and I must continue
doing what we can
to heal the wounded
and cure the sick.

Peace will not be paradise,
but at least we can hope
that children like Silvia
and the other orphans
will have their chance
to dream
of new ways
to feel free. . . .

Silvia

I feel like a child again.
I don't know how to behave.

The war is over—
should I dance,
am I free to sing out loud,
free to grow up,
fall in love?

I am free to smile
while the orphans sleep.

I admit that I feel impatient,
so eager to write in a journal,
like the Fox,
writing a record
of all that I have seen. . . .

Peace is not the paradise
I imagined, but it is a chance
to dream. . . .

Author's Note

My grandmother used to speak of a time when her parents had to leave their farm in central Cuba and "go to another place." I had no idea what she meant, until I grew up and read historical accounts of Weyler's reconcentration camps.

My grandmother was born on a farm in central Cuba in 1901. She described Cuba's countryside as so barren from the destruction of war that once, when her whole family was hungry, her father rode off into the wilderness and came back with a river turtle. That one turtle was cause for celebration, enough meat to keep a family alive and hopeful.

One of my grandmother's uncles was a *Pacífico* (a Peaceful One), who kept farming in order to feed his little brother. Another uncle was a blond man of primarily Spanish descent who married the daughter of a Congolese slave. My mother remembers seeing this couple coming into town with wild mountain flowers to sell. She says they were two of the happiest people she had ever seen. I like to picture them in love with each other, and with the beauty of their homeland, free of hatred, and free of war—free, in every sense of that short, powerful word. During a recent trip to Cuba, I met my mother's cousin Milagros, one of their descendants, whose name means "Miracles."

I feel privileged to have known my grandmother, who pressed wet sage leaves against her forehead whenever she had a headache, and my great-grandmother, who was young during Cuba's wars for independence from Spain, and Milagros, whose children are young and hopeful now.

Historical Note

In this story, Silvia and the oxcart driver are the only completely fictional characters. Their experiences are based on composites of accounts by various survivors of Weyler's reconcentration camps.

All the other characters are historical figures, including Rosario Castellanos Castellanos, known in Cuba as Rosa *la Bayamesa,* and her husband, José Francisco Varona, who helped establish and protect Rosa's hospitals. Some of the hospitals were mobile units, moving with the rebel *mambí* army. Others were thatched huts, hidden in the forest. Some were caves.

So little is known about the daily routines of Rosa and José that I have taken great liberties in imagining their actions, feelings, and thoughts.

Like many traditional Latin American healers, Rosa regarded healing as a gift from God and never accepted payment for her work as a nurse. Her medicines were made from wild plants. Many of these herbal remedies are still used in Cuba, where they are called *la medicina verde* (the green medicine).

Various accounts show Rosa's birth year as either 1834 or 1840. When she died on September 25, 1907, she was buried with full military honors. Her funeral was attended by a colonel of the U.S. Infantry's 17th Regiment.

There really was a slavehunter known as Lieutenant Death, but there is no evidence that he was the key figure in Spanish military operations designed to pursue and kill Rosa.

Other characters, such as *El Grillo* (The Cricket), *El Jóven* (The Young One), and *Las Hermanas de la Sombra* (The Sisters of Shade), are based on descriptions in the diaries of soldiers and war correspondents.

The first modern, systematic use of concentration camps as a way of controlling rural civilian populations was ordered by Imperial Spain's Captain-General Weyler in Cuba in 1896. No provisions were made for shelter, food, medicine, or sanitation. Estimates of the number of Cuban *guajiros* (peasants) who died in Weyler's "reconcentration camps" range from 170,000 to half a million, or approximately 10 to 30 percent of the island's total population. In some areas, up to 96 percent of the farms were destroyed.

After Spain ceded Cuba to the United States, Captain-General Weyler was promoted to Minister of War.

Within a few years, the ruthless military use of concentration camps was repeated during South Africa's Boer Wars. Adolf Hitler carried the genocidal concept to its extreme during World War II, when millions of European Jews, Catholics, gypsies, pacifists, and other minority groups were killed in Nazi Germany's extermination camps. Since then, armed powers all over the world have herded huge numbers of civilians into prison camps on the basis of religion, race, national origin, ideology, sexual orientation, style of dress, listening to rock music (Cuba's *roqueros*), or simply to seize territory, preventing farmers from growing crops that might strengthen an opposing army.

Cuba's third War of Independence from Spain is known in the United States as the Spanish-American War, and in Spain as *El Desastre* (The Disaster). Historians generally regard it as the first jungle guerrilla war, the first modern trench warfare, and the first time women were formally recognized as military nurses, both in the Cuban Army of Liberation and in the U.S. Army.

It is also known as the "journalist's war," because reporters working for American newspapers wrote stories promoting U.S. intervention. In 1897, when the renowned artist Frederic Remington requested permission to leave Cuba because he found the situation near

Havana reasonably quiet and unworthy of constant news coverage, his employer, William Randolph Hearst, owner of the *New York Morning Journal,* sent him an urgent telegram: "Please remain. You furnish the pictures. I'll furnish the war."

Chronology

1878–80. Cuba fights its Little War for independence from Spain.

1880–86. Gradual abolition of slavery occurs throughout Cuba.

CUBA'S FINAL WAR FOR INDEPENDENCE
FROM SPAIN

1895. Rebellion in eastern Cuba begins. Poet José Martí is killed in his first battle.

1896. War spreads. Captain-General Weyler announces the reconcentration camp order.

1897. The Constitutional Assembly convenes.

1898. U.S. battleship *Maine* explodes in Havana Harbor. The United States makes its final offer to buy Cuba. U.S. military intervenes and Spanish troops surrender to U.S. troops. Cuban generals are not permitted to attend the ceremonies.

POSTWAR EVENTS

1899. Spain cedes rule of Cuba to the United States.

1902. The United States grants autonomy to Cuba, on the condition that U.S. troops retain the right to intervene in Cuban affairs and that Cuba allows a portion of the eastern province of Guantánamo to become a U.S. Navy base.

Selected References

ALLEN, DOUGLAS. *Frederic Remington and the Spanish-American War.* New York: Crown, 1971.

BARBOUR, THOMAS. *A Naturalist in Cuba.* Boston: Little, Brown and Company, 1946.

CORZO, GABINO DE LA ROSA. *Runaway Slave Settlements in Cuba.* Chapel Hill: University of North Carolina Press, 2003.

GARCÍA, FAUSTINO. *La Mujer Cubana en la Revolución.* La Habana: Bohemia, February 24, 1950.

GARCÍA, LUIS NAVARRO. *La Independencia de Cuba.* Madrid: Editorial MAPFRE, 1992.

GOLDSTEIN, DONALD M., AND KATHERINE V. DILLON. *The Spanish-American War—The Story and Photographs.* Washington, D.C., and London: Brassey's, 2000.

GÓMEZ, MÁXIMO. *Diario de Campaña del Mayor General Máximo Gómez.* La Habana: Comisión del Archivo de Máximo Gómez; Talleres del Centro Superior Tecnológico Ceiba del Agua, 1940.

MARTÍ, JOSÉ. *Poesía Completa.* La Habana: Editorial
Letras Cubanas, 1993.

PRADOS-TERREIRA, TERESA. Mambisas: *Rebel Women
in Nineteenth-Century Cuba.* Gainesville: University
Press of Florida, 2005.

ROIG, JUAN TOMÁS. *Plantas Medicinales, Aromáticas o
Venenosas de Cuba.* La Habana: Editorial Científico-
Técnica, 1988.

ROOSEVELT, THEODORE. *The Rough Riders.* New York:
Charles Scribner's Sons, 1899.

TONE, JOHN LAWRENCE. *War and Genocide in Cuba—
1895–1898.* Chapel Hill: The University of North
Carolina Press, 2006.

VILLAVERDE, CIRILO. *Diario del Rancheador.* La
Habana: Editorial Letras Cubanas, 1982.

Acknowledgments

I am deeply grateful to God and my family for the time and peace of mind to write.

For help with research, I am thankful to all the hard-working, anonymous interlibrary loan specialists from numerous libraries, including the Hispanic Reference Team at the Library of Congress.

A heartfelt thanks to my editor, Reka Simonsen, and to everyone else at Henry Holt and Company, especially Robin Tordini, Timothy Jones, my copy editor Marlene Tungseth and designer Lilian Rosenstreich.

For encouragement, I am grateful to Angelica Carpenter and Denise Sciandra at the Arne Nixon Center for Children's Literature, California State University, Fresno, and to Alma Flor Ada, Nancy Osa, Teresa Dovalpage, Juan Felipe Herrera, Anilú Bernardo, Cindy Wathen, Esmeralda Santiago, Midori Snyder, and Ellen Olinger.

El árbol de la rendición

Poemas de la lucha de Cuba por su libertad

Margarita Engle

Traducción de Alexis Romay

SQUARE
FISH

Henry Holt and Company
New York

A Curtis, Victor y Nicole, con amor

    Y

en memoria de mis bisabuelos maternos, guajiros cubanos
que sobrevivieron el caos descrito en este libro:

PEDRO EULOGIO SALUSTIANO URÍA Y TRUJILLO
    (1859–1915)

ANA DOMINGA DE LA PEÑA Y MARRERO
DE TRUJILLO
    (1872–1965)

El 10 de Octubre de 1868 un puñado de hacendados cubanos dio la libertad a sus esclavos y declaró la independencia de Cuba de España. A lo largo de las tres décadas siguientes de guerra, ocultos en cuevas en la manigua, enfermeros de campaña curaron a los heridos con medicinas hechas con plantas silvestres.

El 16 de febrero de 1896 a los campesinos cubanos se les dio la orden de abandonar sus granjas y poblados. Se les dio ocho días para trasladarse a "sitios de reconcentración" próximos a ciudades fortificadas. Cualquiera que fuera encontrado en la campiña después de los ochos días sería ejecutado.

Mis bisabuelos fueron dos de los refugiados.

Yo sé los nombres extraños
De las hierbas y las flores,
Y de mortales engaños,
Y de sublimes dolores.

—JOSÉ MARTÍ,
tomado de
Versos Sencillos (1891)

Índice

PRIMERA parte

Los nombres de las flores
1850–51

Rosa

Algunos me llaman niña bruja,
pero tan sólo soy una niña a quien le gusta
    observar
las manos de las mujeres
mientras recogen hierbas silvestres y flores
para curar a los enfermos.

Aprendo los nombres de las curas
y cuánto debo usar
y qué parte de la planta,
pétalo o tallo, raíz, hoja, polen, néctar.

A veces siento que soy una abeja que hace su
    miel:
una abeja, temida por todos, aunque las abejas
    salvajes
de estas montañas de Cuba
no tienen ponzoña, son inofensivas, tan sólo son
    la fuente
de un alimento dulce y dorado.

Rosa

Les decimos lobos,
pero son sólo perros jíbaros
que aúllan sus lamentos:
fugitivos solitarios,
como los cimarrones,
los esclavos fugitivos que sobreviven
en lo hondo de la manigua, en cuevas de cristales
    centelleantes
que se ocultan tras las cascadas
y en palenques secretos
protegidos por la magia

protegidos por palabras:
cuentos de ángeles guardianes,
sirenas, brujas,
gigantes, fantasmas.

Rosa

Cuando el rancheador trae
a los fugitivos que ha capturado,
recibe diecisiete pesos de plata
por cimarrón,
eso, si el cimarrón no ha muerto.
Una oreja cuesta cuatro pesos
y es la prueba de que el esclavo fugitivo
murió peleando, resistiéndose a ser capturado.

Los enfermos y los heridos
nos los traen a nosotras, las mujeres,
para que los curemos.

Cuando un fugitivo se recupera
puede entonces escoger entre regresar al trabajo
en los cafetales o el cañaveral
o huir una vez más,
en secreto, en silencio, solo.

Teniente Muerte

Mi padre lleva un diario.
Es un requisito impuesto
por la Santa Hermandad de los Hacendados,
que lo ha contratado para capturar esclavos
    fugitivos.

Veo a mi padre escribir números
y los apodos de los esclavos que captura.
No conoce sus nombres verdaderos.

Cuando la niña bruja cura a un fugitivo herido,
el cimarrón es castigado y devuelto al trabajo.
Aun así, muchos vuelven a escapar,
o se suicidan.
Pero entonces mi padre corta cada cuerpo
en cuatro pedazos y encierra cada pedazo en una
    jaula
y cuelga las cuatro jaulas en cuatro ramas
de un mismo árbol.

Así —me dice mi padre—, los otros esclavos
tendrán miedo de suicidarse.

Mi padre dice que ellos creen
que un espíritu cortado y enjaulado no puede
    volar
a un sitio mejor.

Rosa

Me encantan los sonidos
de la manigua en la noche.

Cuando cierran el barracón
en el que dormimos,
escucho la música
de los grillos, las ranas plataneras, las lechuzas
y el batir de alas
de las aves nocturnas
y el trino del sinsonte
—el ruiseñor cubano—,
la criatura mágica
que sabe cantar muchas canciones a la vez,
triste y feliz,
cautivo y libre...

canciones que me ayudan a dormir
sin pesadillas,
sin sueños.

Rosa

Los nombres de los palenques donde se ocultan
    los fugitivos
son Miracielo
y Silencio,
Soledad,
La Bruja...

Veo como el rancheador escribe números,
mientras su hijo,
el muchacho a quien en secreto llamamos
    "Teniente Muerte",
lo ayuda a inventar sus mentiras.

El rancheador y su muchacho deciden exagerar
para hacer que su trabajo
suene más difícil
y así parecer héroes
que luchan contra ejércitos armados
en vez de unos cuantos asustados, febriles y
    hambrientos
esclavos fugitivos,
armados solamente con lanzas de madera
y esperanzas secretas.

Teniente Muerte

Cuando llamo a la pequeña bruja
"niña bruja", mi padre me corrige:
"pequeña bruja" es suficiente —me dice—, no
    añadas "niña"
o se va a pensar que es humana, como nosotros.

En el suelo, varias orejas
esperan ser contadas.

Este muchacho está herido
—le dice mi padre a la bruja—.
Cúralo.

La pequeña bruja mira fijamente mi brazo
    destrozado por los lobos
y yo sonrío,
no porque tenga que ser curado por una esclava
    bruja,
sino porque es reconfortante saber
que los perros jíbaros
pueden ser llamados "lobos"
para que parezcan
más peligrosos,
y esto me hace lucir
realmente valiente.

Rosa

El rancheador y su hijo
se van durante las lluvias
que duran seis meses: desde mayo
hasta octubre.

En noviembre, regresa con su muchacho,
cuyas cicatrices se han atenuado.

En esta ocasión, tiene su propia jauría,
perros enormes
entrenados a rastrear solamente
las huellas de los pies descalzos,
el olor de la piel desnuda de un esclavo
que come maíz y ñame,

pero nunca a rastrear el olor de un hombre rico a
       caballo,
luego de su banquete de carne, pollo, fruta,
café, chocolate y crema.

Teniente Muerte

Traemos afiches de las ciudades,
con imágenes dibujadas por artistas,
imágenes de hombres con dientes limados
y mujeres con cicatrices tribales,
esclavos nuevos
que de alguna manera se dieron a la fuga
luego de escapar de barcos
que tocaron tierra, en secreto, en la noche,
en playas ocultas.

Miro los dibujos
y me pregunto
cómo todos estos esclavos
de lugares tan remotos
pueden encontrar su camino
en esta selva
de cuevas y despeñaderos,
montañas salvajes, bosques verdes, brujas
    pequeñas.

Rosa

Después de la Navidad, el seis de enero,
el Día de los Reyes Magos,
hacemos una fila y caminamos, uno por uno,
a los tronos donde el dueño y su esposa
están sentados como el rey y la reina
de un cuento.

Nos regalan un poco de comida.
Hacemos reverencia y los bendecimos;
nuestro regalo de palabras
es otorgado libremente
en este día de esperanza
en el que sentimos que no tenemos
nada que perder.

Rosa

Los apodos de los fugitivos
nos entretienen durante la noche,
en los barracones, donde susurramos.

Todas las muchachas concuerdan conmigo
en que "Domingo" es un nombrete bueno,
pues representa nuestra única media jornada de
    descanso,
y "Dios Da" es mucho mejor
porque Dios da,
Y "El Médico" es maravilloso...
¿Quién no sentiría orgullo
de que lo conocieran como "el doctor"?

"La Madre" es el apodo
que más nos fascina:
La Madre: una mujer, y no sólo una fugitiva,
sino la líder de su propio palenque secreto,
libre, independiente, incapturable
¡durante treinta y siete
mágicos años!

Teniente Muerte

Mi padre atrapa a algunos que pretenden
no conocer los nombres de sus dueños
o los nombres de las plantaciones
a las que pertenecen.

Deben querer que los vendan
a alguien nuevo.

Deben tener la esperanza de que si los venden
    aquí,
cerca de la selva salvaje y llena de vapores,
estarán próximos a las cuevas,
las cascadas
y las brujas.

Mi padre siempre trae a los mismos fugitivos,
una y otra vez.

¡No entiendo cómo no se dan por vencidos!
¿Por qué no pierden la esperanza?

Rosa

La gente se imagina que todos los esclavos son
    negros,
pero los esclavos chinos también se fugan
a los pantanos de mangles,
donde pueden pescar y cazar ranas con
    pinchos
y atrapar cocodrilos poniendo un sombrero en un
    palo
para hacer que parezca un hombre.

El cocodrilo salta
de las sombrías aguas
y se lleva el sombrero,
mientras un lazo de soga hecha de lianas
se aprieta sobre el cuello de cuero de la bestia
    verde.

Tendría miedo de vivir en los pantanos.
La gente dice que hay güijes,
pequeños, arrugados, güijes verdes
con pelo largo y rojo y unos peines de oro...
güijes que me atraerían
a las profundidades del pantano...

güijes que me arrastrarían hasta sus cuevas
    acuáticas
en donde me convertirían también en un
    duende...
verde como las ranas y tramposa.

Rosa

El rancheador viene
con una oferta.

Quiere comprarme
para que viaje
con sus jinetes
y sus perros enormes
y su hijo raro
a lugares salvajes
en los que los cautivos heridos
puedan ser curados
para que no mueran.

El precio
de un hombre sano
es mucho mayor
que el precio
de una oreja.

Rosa

Mi dueño se niega.
Me necesita para que cure
a los esclavos enfermos
en los barracones.

Después de cada temporada de huracanes
hay fiebres, cólera, varicela, plagas.
Algunos de los enfermos pueden ser salvados.
Algunos mueren.
Imagino a sus espíritus
volando lejos.

Suspiro, tan aliviada
de que no tendré que viajar con los rancheadores
y los espías que llevan consigo para que los
     ayuden,
los cautivos que revelan los lugares secretos
de los palenques en los que los fugitivos van y
     vienen,
cambiando guayabas por ñames silvestres,
o plátanos por carne de jabalí,
lanzas por sogas de lianas,
o mangos por palmitos, flores medicinales,
hierbas...

Teniente Muerte

Las armas de los fugitivos son caseras,
sólo unas ramas afiladas, no lanzas reales,
y unos fusiles tallados en madera que, debo
    admitir,
¡en la distancia parecen de verdad!

Atrapamos cimarrones con tres tipos de cuchillos
robados del corte de caña:
los de mango plateado en forma de cuña que usan
    los hombres libres,
con diseños grabados de conchas de vieiras;
los de mango de hueso, pequeños, como hojas,
que se les dan a los niños;
y las mochas con forma de abanico
que usan los esclavos
para cortar la caña
y endulzar el chocolate y el café
de los ricos.

Rosa

En secreto, me escondo y lloro
cuando me entero de que mi dueño
ha accedido a prestarme
al rancheador,
que trae a su aprendiz de cazador,
su hijo, el muchacho de los ojos peligrosos,
el Teniente Muerte.

Rosa

Las lanzas y las piedras llueven sobre nosotros
desde lo alto
mientras escalamos los peldaños rudos
que han sido labrados en la ladera del acantilado
en alguna parte de esta jungla,
en un lugar que jamás he visto.

Las rocas afiladas me cortan las manos y la cara.
No serviré para nada: sin dedos sanos,
¿cómo curaré las heridas
y las fiebres?

Cuando la cacería termina, muchos cimarrones
      han muerto.
Trato de escaparme, pero Teniente Muerte me
      obliga
a mirar cómo su padre
colecta las orejas
de los fugitivos.

Algunas de las orejas vienen de gente
cuyos nombres y caras
conozco.

Teniente Muerte

Detesto pensar
en qué diría mi padre

si supiera que tengo miedo
tanto a los perros jíbaros como a los mansos,

y a cuentos de fantasmas,
reales e imaginarios,

y a las brujas,
incluso las pequeñas,

y a las orejas de los cautivos,
todavía tibias...

Rosa

Luego de la cacería,
curo las heridas
de los rancheadores
y los cautivos.

Algunos me miran con miedo,
otros, con esperanza.

Curo las heridas de un perro jíbaro
y de los perros de los rancheadores.
Ellos me tratan como una enfermera,
no como una bruja.

Los perros agradecidos me hacen sonreír,
incluso los malos, que son entrenados para
    rastrear las huellas
de hombres descalzos.

No parecen odiar
a las muchachas descalzas.

El odio debe ser
algo difícil de aprender.

Segunda parte

La Guerra de los Diez Años
1868–78

Rosa

Mientras recojo las hojas verdes y acorazonadas
de las plantas que nos ofrecen refugio en este
    bosque gigante,

olvido que ya he crecido
con sueños propios

en este lugar donde el tiempo
parece no existir
en el modo ordinario

y cada hoja acorazonada tiene la forma
de un momento de paz.

Rosa

En el mes de octubre,
cuando acechan los huracanes,
unos cuantos dueños de plantaciones
queman sus sembrados, dan la libertad a sus
    esclavos
y declaran la independencia
del régimen español.

Esclavitud todo el día
y luego, de repente, al caer la noche: ¡libertad!

¿Es acaso cierto
—como mi antiguo dueño explica,
disculpándose por todos los años de maltratos—,

es acaso cierto que la libertad sólo existe
cuando es un tesoro
compartido por todos?

Rosa

Las fincas y las mansiones
¡están ardiendo!

Las llamas se convierten en humo:
un humo que salta, luego se disipa
y desaparece...
haciendo que el mundo
parezca invisible.

Soy una de un puñado
de mujeres libres que han sido bendecidas
con el don de curar.

¿Debería combatir con las armas
o con flores y hojas?

Cada opción lleva a otra.
Estoy ante una encrucijada en mi mente
y decido enlistarme como enfermera,
armada con hierbas aromáticas,
para librar una batalla en la jungla, mi propia
    guerra privada
contra la muerte.

Rosa

Codo a codo, antiguos dueños y esclavos libertos
dan candela a la vieja y elegante ciudad de
    Bayamo.
Una canción es escrita por un jinete,
una canción de amor acerca de la lucha por ser
    libres
de España.
La canción se titula "*La bayamesa*",
por una mujer de la ardiente ciudad de Bayamo,
un lugar tan cercano al sitio donde nací, mi
    hogar...

Pronto me empiezan a llamar "la bayamesa"
    también,
como si de alguna manera hubiese sido
    transformada
en música, una melodía, el ritmo de las
    palabras...

Miro las llamas, siento el calor,
inhalo el olor de la caña quemada
y el café tostado...
Escucho voces
que queman una canción en un cielo ahumado.

La vida de antes se ha ido, mis días son nuevos,
pero el tiempo es aún un misterio
de deseos y de esta fragancia triste que lo
    confunde todo.

Rosa

El Imperio Español se niega a reconocer
la libertad de ningún esclavo que fuera liberado
    por un rebelde,
así que aunque los hacendados
que eran nuestros dueños
ya no quieren ser más dueños de hombres,
los rancheadores aún recorren
la manigua: buscan, capturan, castigan...

por eso huimos
a los palenques
donde se esconden los fugitivos...
igual que antes.

Rosa

En octubre,
la gente camina en largas cadenas de fuerza:
brazo con brazo, para evitar que el viento se los
    lleve.

El viento salvaje, la manigua, el mar
trae tormentas que se mueven
cual serpientes
y barren árboles y ganado
y los levantan por los aires.

Durante los huracanes, incluso los ricos
deambulan como mendigos,
buscando refugio,
brazo con brazo con los pobres.

Rosa

La guerra y las tormentas me hacen sentir vieja
aunque aún soy lo suficientemente joven
para enamorarme.

He conocido a un hombre, José Francisco Varona,
un esclavo liberto,
en el palenque de esclavos fugitivos que llamamos
    Manteca,
porque tenemos bastante grasa que usamos como
    aceite de cocina,
la grasa que obtenemos
al cazar jabalíes.

Atravesamos los bosques juntos,
cambiando grasa por fruta, maíz y ñame
que cultivan los esclavos libertos y los fugitivos
que viven juntos en otros palenques escondidos,
en lo profundo de la manigua y en cuevas oscuras.

José y yo decidimos casarnos.
Seremos enfermeros
y juntos curaremos las heridas de la esclavitud
y las heridas de la guerra.

Rosa

La manigua es una tierra de música natural:
ranas plataneras, sinsontes, el viento
y el batir de alas de los colibríes
que no son más grandes que la uña de mi dedo
    pulgar:
colibríes del tamaño de abejas
en una manigua del tamaño del Edén.

José y yo viajamos juntos,
atravesamos el fango, las espinas,
las nubes de avispas, mosquitos, jejenes
y la niebla que oculta
unas palmas gráciles
y el humo que oculta bohíos incendiados,
sembradíos en llamas, huertos, aldeas, fortines:
a todo lo que España deja en pie,
los rebeldes le pegan candela.

José porta armas:
su machete con el mango de cuerno
y una vieja pistola de madera y metal
mohosa y oxidada,
nuestra única protección contra las emboscadas.

Los soldados españoles visten uniformes
    chillones,
como periquitos.
Marchan en columnas, anunciando
sus movimientos
con trompetas y tambores.

Nosotros nos movemos en silencio, en secreto.
Somos invisibles.

Rosa

Un guardia español grita: «¡Alto!
¿Quién vive?».
Quiere detenernos, pero nos escapamos.

Grita: «mambises salvajes»,
y aunque *mambí* no es una palabra real,
imaginamos que la escoge
pues piensa que suena cubana, taína,
africana o mestiza: una palabra de una lengua
de una tribu esclavizada:
congo, arará, carabalí, bibí o gangá.

Mambí:
atrapamos la palabra rítmica
y nos la apropiamos:
un nombre para nuestra recién inventada tribu
    guerrera
compuesta por esclavos libertos que pelean lado a
    lado
con sus antiguos dueños,
todos luchando juntos
para que Cuba no sea

propiedad del Imperio Español,
un régimen que se niega
a admitir que los esclavos
alguna vez puedan ser libres.

José

Alas oscuras, un brillo tenue de la luna,
el vuelo de los murciélagos,
no los grandes que chupan la sangre
y comen insectos,
sino unos pequeñitos,
del tamaño de mariposas,
el tipo de murciélagos
que sale disparado de las cuevas a libar néctar
de retoños que florecen en la noche,
las fragantes flores blancas que mi Rosa llama
"Cenicientas"
pues sólo duran media noche.

Rosa guía a los murciélagos fuera de nuestro
    bohío.
Siguen su luz: ella lleva una jícara llena
de luciérnagas que alumbran.

Me río, pues nuestras vidas, aquí en el bosque,
parecen estar invertidas:
construimos una casa con pencas de guano para
    usarla
como hospital,

pero todo lo salvaje que pertenece a la intemperie
sigue entrando,
y nuestros pacientes, los heridos, febriles
mambises
que deberían quedarse en sus hamacas descansando
siguen levantándose,
para salir
a mirar cómo Rosa, con sus manos de luz,
guía a los murciélagos lejos de aquí.

Teniente Muerte

Ellos piensan que son libres.
Yo sé que son esclavos.

Trabajaba para la Santa Hermandad
de los Hacendados, pero ahora trabajo
para la corona española.

Pantanos, montañas, selvas, cuevas...
Rastreo sin descanso, busco la recompensa
que con seguridad cobraré, tan pronto mate
a la curandera que llaman "Rosa, la bayamesa",
una bruja que cura a los salvajes mambises
para que sobrevivan
y vuelvan a pelear.

Teniente General Valeriano Weyler y Nicolau, Marqués de Tenerife, Imperio Español

Cuando muera la bruja
y los rebeldes sean derrotados,
descansaré mis brazos adoloridos y mis piernas
    cansadas
en las aguas termales de esta isla de febriles
y fantasmagóricas cuevas plagadas de murciélagos.

Si el rancheador falla,
yo mismo la atraparé.
Mataré a la bruja y guardaré su oreja en una jarra
como prueba de que los dueños no pueden liberar
    a sus esclavos
sin la venia de España

y como prueba
de que todos los rebeldes en Cuba
están destinados a fracasar.

Rosa

Los rumores me cortan la respiración,
me ponen ansiosa, temerosa, desesperada.

La gente dice que soy valiente, pero la verdad es:
¡que los rumores de rancheadores me aterrorizan!

¿A quién se le iba a ocurrir que despúes de todos
    estos años
el muchacho a quien llamaba "Teniente Muerte"
cuando ambos éramos niños
aún estaría ahí, en la manigua,
persiguiéndome, ahora mismo,
dándome caza y pesadillas?

¿Quién podía imaginar
semejante dedicación tan testaruda?
Si tan solo cambiara de bando
y pasara a ser uno de los nuestros: un testarudo,
decidido y cansado enfermero
que combatiera esta guerra diaria
¡contra la muerte!

José

La fama de curandera de Rosa es un peligro.
No puede abandonar nuestro bohío,
en donde los pacientes la necesitan,
por eso voy solo a un sembrado de piñas
donde yace herido un joven soldado español
con su uniforme chillón
y la cabeza recostada entre pilas
de frutas recién recogidas.

Las hojas de la piña
son grises y filosas, como machetes;
las puntas de las hojas me cortan las manos,
pero hago lo mejor que puedo para curar las
    heridas del muchacho.
Hago esto por Rosa, que quiere curarlos a todos.
Lo hago por Rosa, pero el niño soldado me
    agradece,
y luego de que le doy comida y agua
me dice que se quiere cambiar de bando.

Me dice que a partir de ahora será cubano, un
    rebelde mambí.
Me dice que aún era un niño

cuando lo separaron
de su familia en España,
un niño que montaron en un barco
y que fue obligado a navegar a esta isla, obligado a
    pelear.
Me dice que le encantan las colinas verdes de
    Cuba
y que quiere quedarse, ser agricultor,
encontrar un lugar donde plantar semilla.

Juntos decidimos que intentaremos
curar las heridas entre nuestros países.
Lo ayudo a quitarse el uniforme.
Le doy el mío.

Rosa

Experimentamos
como científicos.

Una flor cura
sólo ciertas fiebres.

Probamos con otra.
Fallamos, entonces probamos con una raíz, una
    hoja,
musgo o un helecho...

Un pétalo falla.
Otro triunfa.

José y yo estamos aprendiendo
cómo aprender.

Teniente Muerte

La bruja
puede ser escuchada
cantando en los copos de los árboles.

La bruja
puede ser vista:
una sombra
en las cuevas.

Busco
y busco.

Se desvanece
como la desquiciante
bruma matutina
y los salvajes
rebeldes mambises.

Ellos atacan.
Nosotros nos retiramos.
Ellos se esconden.
Nosotros los buscamos.

Rosa

Las picantes hojas del guao,
las picadas de los mosquitos
y las invisibles, chirriquitillas chinches,
las garrapatas, los gusanos y los hongos
que crecen en las plantas de los pies.

La gangrena, la lepra, las amputaciones,
nunca me doy permiso
para sonar o lucir petrificada...

hasta que estoy sola,
al final del día,
sola con la música
de los sinsontes.

José

Tenemos diecisiete pacientes
en nuestro bohío de techo de guano
oculto por la manigua
y protegido por guardias,
perros, trampas y cuentos de fantasmas.

Diecisiete hombres febriles, sangrientos,
    abrasados
y derrotados, con heridas de bayoneta,
y mujeres de parto
y recién nacidos...

diecisiete personas indefensas
que dependen de nosotros,
diecisiete vidas, bendiciones, cargas.

¿Cómo vamos a curarlos?
¡Estamos tan agotados!
¿Quién nos va a curar a nosotros?

Rosa

Las familias agradecidas nos dan pollos,
gallinas de Guinea y cocos,
boniatos,
maíz,
un sombrero, un cuchillo,
una tetera,
un pañuelo.

Las madres nuevas nombran a sus hijos José
y a sus hijas Rosa.
Los huérfanos se quedan con nosotros,
trabajando junto al joven español
que decidió cambiarse de bando
y convertirse en cubano.

Los curanderos de verdad nunca cobran dinero
    por las curas.
La magia oculta dentro de las flores y los árboles
es creada por el fragante aliento de Dios:
¿quiénes somos nosotros para reclamar pago
por milagros?

¿Quiénes somos para creer
que la manigua nos pertenece?

Ahora, si Dios que hizo los pétalos
y las raíces,
me concediera otro don:
una mente tranquila,
escapar de los rumores que me atormentan,
cuentos de rancheadores que merodean,
advertencias sobre el Teniente Muerte.

José

Trasladamos a todos los pacientes a una cueva,
una catedral de piedra
en donde Rosa espera sentirse a salvo.

Los cristales brillan a la luz
de las antorchas hechas con pencas de guano
y luciérnagas vivas.

Las paredes parecen moverse como nubes:
forman puentes, pilares, fuentes...

Rosa me dice que siente que es una de esas
    estatuas
que sostienen los techos de los edificios viejos.
Nos imagino a los dos, tallados y pulidos,
sin movernos y, sin embargo, vivos,
sosteniendo nuestro techo de esperanza.

Rosa

Estar escondida en esta cueva me hace recordar
el palenque en donde los esclavos fugitivos
y los esclavos libertos se escondían juntos
durante los primeros meses
de esta guerra interminable.

Las casas estaban hechas de juncos y de palmas,
casas verdes que se asemejaban a la manigua.

Las construimos en un círculo,
y al centro, oculta,
construimos una iglesia de juncos,
en la que nos habría gustado cantar
si no hubiéramos tenido que estar siempre ocultos
y silentes.

Ahora, en la cueva, tarareo en voz baja.
Mi voz encuentra eco y crece.
Sueno mucho más valiente y fuerte
de lo que me siento.

José

Sueño con una granja,
con una vaca, un caballo,
bueyes para arar,
pollos y gallinas de Guinea,
para las comidas de los festejos sagrados,
y una pequeña arboleda
de café y cacao
a la sombra de unos mangos.

Sueño con maizales,
boniatos, plátanos,
y una casa de corteza de palma,
con techo de guano
y piso de tierra,
un portal,
dos mecedoras
y una vista de la manigua verde
que se estira, como el tiempo...

Rosa

Cueva de las Pesadillas,
Cueva de los Piratas, Cueva de Neptuno,
Cueva de los Generales,
Laguna del Pescado,
La Cueva de Rosa.

¿Cuántos nombres
puede tener un lugar?
Cuántos cuentos
de gente temerosa escondida
y de criaturas ciegas que cobran fuerza,
cuentos de sirenas, serpientes de mar,
gigantes y fantasmas...

Dejo mi huella en el cristal brillante,
junto a pinturas rupestres hechas en tiempos
    remotos:
círculos, lunas, soles, estrellas;
la palma de mi mano, los dedos,
también con forma de estrellas...

Diez años de guerra.
¿Cuántas batallas
puede perder una isla?

Teniente General Valeriano Weyler y Nicolau, Marqués de Tenerife, Imperio Español

Llamamos a Cuba nuestra Isla Siempre Fiel,
sin embargo, estos mambises rebeldes sólo son
     leales
a la selva y a sus ilusiones
de libertad.

Dejamos la tierra ardiendo:
cada granja y cada pueblo convertidos en ceniza.

Los barracones donde los esclavos
deberían estar durmiendo están vacíos.

Las llamas parecen cicatrices
en la arcilla roja y pegajosa
de esta isla exasperante
gobernada por el fango y los mosquitos.

Rosa

Para hablar con mis pacientes aprendo
algunas palabras de cada una de las tantas
    lenguas,
las palabras de las tribus africanas
y nativas de Cuba,
y de todos los dialectos de las provincias de
    España.

Invento mis propios códigos secretos,
pero los que me enseñan los pájaros son los mejores,
sobre todo cuando se mezclan
con la música de las trompetas hechas de conchas
    de caracoles,
las flautas de bambú, los sonajeros, los tambores,
y el acento canario
de silbo,
un misterio de silbidos.

Los animales y las plantas me ayudan a aprender
cómo entender todas estas formas de interpretar
lo que la gente intenta decir.

Las orejas de un caballo muestran ira o miedo.
Los ojos de los bueyes hablan del cansancio.

Las voces de las aves cantan los límites alrededor
   de los nidos.

Las flores amarillas de la acacia susurran secretos
   de amor.
Los juncos verdes entonan una música
   ventosa y salvaje.
Las adelfas rosadas son un mensaje venenoso
que advierte:
¡Cuidado!
Los fragantes romeros azules hablan de la
   memoria.
Las blancas amapolas quieren decir sueño.
Las aquileas blancas predicen la guerra.

José

Los más famosos de nuestros generales mambises
son llamados "El Zorro" y "El León".
Máximo Gómez es El Zorro, delgado y pálido,
un extranjero de la isla de la Española.
Primero fue soldado español,
luego rebelde,
y ahora pensamos en él como cubano.

El León es Antonio Maceo, nuestro amigo desde
    que nacimos,
un hombre de por acá, de raza mestiza.
Algunos lo llaman "El Titán de Bronce"
porque es fuerte y sereno.

A El Zorro le gusta citar a filósofos, poetas
y los proverbios del Rey Salomón.
Le ha dicho a Rosa que quienes salvan vidas son
    sabios,
como los árboles que dan el fruto de la vida.

El León añade que ser bondadoso con los
    animales
y los niños

es parte del don natural de Rosa,
pero que curar las heridas de los soldados
    enemigos
es una extraña misericordia que baja flotando
del cielo.

Rosa

El León y El Zorro
visitan nuestros bohíos y cuevas que sirven de
   hospitales.
Ahora tenemos muchos.
Viajamos de uno a otro,
llevando medicinas y esperanza.

Llevo un cinturón con las municiones,
y un arma vieja, una carabina,
para hacer feliz a José, porque él insiste
en que debo aprender a defenderme
de los espías.

Teniente Muerte

Observo
desde el copo de un árbol,
al mirar hacia abajo
veo la parte superior
de su cabeza.

Tan simple.
Su pelo
en un pañuelo.
Su arma,
oxidada, inútil...

Ella no es
lo que yo me esperaba
para alguien tan famosa
por sus milagros.

Apunto,
luego espero,
y busco...
¿Cómo lo hizo?
¿Es acaso una bruja de verdad?
¿Cómo es que hace
para desaparecer?

Rosa

Traen a un hombre herido al hospital:
se cayó de un árbol.

Conozco su cara y es obvio que él
también me reconoce.
Éramos niños, éramos enemigos...
Ahora él es mi paciente,
sin embargo, ¿por qué debería curarlo,
gastar medicinas preciosas
en un espía que ha sido enviado
a matarme?

Cada opción lleva a otra.
Soy enfermera.
Debo curar a los heridos.
¡Qué bien me conoce El León! ¿Acaso no dijo
que curar a los enemigos
no es mi don propio, sino una misericordia de
    Dios?

Cada opción lleva a otra.
Soy enfermera.
Debo curar.

Teniente Muerte

Me escabullo,
con el brazo entablillado,
la cabeza vendada.
Ahora sé dónde "Rosa, la bayamesa",
la enfermera de las cuevas de Bayamo,
oculta a sus pacientes:
en un hospital
de secretos,
rodeado de la selva,
muros de troncos de árboles,
cercas de espinas...
ahora sé
¡y puedo vender
esa información
por muchas lisas
y redondas
monedas de oro!

Rosa

Los soldados españoles con pinta de periquitos
vienen marchando
con antorchas y máuseres y trompetas.

Estamos obligados a escapar, a transportar a
      nuestros pacientes, ocultarnos,
encontrar un nuevo hogar, una nueva esperanza,
      una cueva nueva...
aunque está claro que ésta también es antigua:
cada pared y cada aguja de cristal,
lleva la marca de otros fugitivos,
gente que se escondió aquí
hace mucho tiempo;
gente que dejó
su huella en la roca.

¿Estaré alguna vez a salvo?
¿Podré continuar?
¿Cuándo descansaré,
si mi sueño
siempre se convierte
en un remolino,
esta espiral
de pesadillas?

José

Otra huida más.
Estamos a salvo.
Susurramos.
Nos escondemos.
Esperamos.
Exploramos
nuestro nuevo hogar,
esta vasta y reluciente cueva
de cristales, oscuridad y silencio...

Rosa

Las cuevas, este hedor, boñigas de los
    murciélagos, orina,
ranas, pescados, lagartos, majases,
todos tan pálidos y fantasmagóricos, algunos sin
    ojos, todos ciegos...

y cristales, estos arcos y estatuas,
estas flores de piedra...

sombras, alfarería, huesos...
los esqueletos de quienes se escondieron aquí
hace tanto tiempo, cuando yo era una niña,
cuando yo era una esclava...

Rosa

Les enviamos mensajes a El Zorro y a El León.
Nadie sabe dónde estamos.

Aprendemos a vivir en la oscuridad,
sin tantas linternas ni antorchas,
luciérnagas y velas
hechas de la cera
de las abejas salvajes.

Bebemos miel silvestre
en lugar de guarapo de caña.

Estamos lejos de cualquier granja o pueblo.
Comemos lagartos ciegos y peces fantasmas.

Sabemos cómo vivir
con el hedor del vómito negro,
la fiebre amarilla en su fase final...

Rosa

Las fiebres y las heridas de la guerra son mortales,
sin embargo, de algún modo
muchos de nuestros pacientes sobreviven para
    regresar
a combatir de nuevo.

Nuestros antiguos dueños han sido curados aquí.
Ellos nos tratan como hermanas y hermanos, no
    como esclavos.

El Zorro y El León mantienen nuestras coordenadas
    en secreto.
No aparecemos en los mapas,
ni en los diarios.

Aquí todos saben la verdad:
soy enfermera, no hechicera.

Sólo soy una mujer de esperanzas salvajes,
    exhaustas:
no soy maga, ni bruja.

José

Rosa recuerda los nombres
de todos los que pasan por sus manos,

los pacientes que sobreviven y los que se elevan
con el aliento desvaneciéndose en el cielo...

Es todo cuanto ella puede ofrecer:
sólo medicinas del bosque

y su memoria, que recita los nombres de la gente,
a la par de los nombres de las flores.

Rosa

Diez años de guerra han concluido.
Un tratado. La paz.
Tantas vidas se perdieron.
¿Se ganó algo?
El Imperio Español todavía es dueño
de esta sufrida tierra
y la mayoría de los hacendados
todavía tiene esclavos.

Sólo a unos pocos de nosotros nos concedieron la
    libertad
los rebeldes que han sido derrotados.
La ley española todavía me llama esclava.
El Teniente Muerte
no ha perdido
su poder.

TERCERA parte

La Guerra Chiquita
1878–80

Rosa

Demasiado pronto,
las batallas
comienzan de nuevo.

Por suerte,
esta nueva guerra
es breve.

Por desgracia,
esta nueva guerra
es en vano.

A veces, la guerra parece
tan solo una forma más
de esclavitud.

José

Curamos a los heridos
igual que antes.

Nos ocultamos en la manigua
igual que antes.

Somos más viejos.
¿Somos más sabios?

A veces, la guerra parece
un juego de niño solitario,
un juego que estalla
fuera de control.

Rosa

Entre guerra y guerra,
José y yo éramos simplemente
un hombre y su esposa.
Éramos libres
de quedarnos juntos.
José nunca tuvo que dejarme
para salir de explorador, o a cazar
o a combatir.

Entre guerra y guerra,
la vida era divina,
excepto cuando los rancheadores
estaban cerca,
con nuestros nombres
en una lista.

José

Las madres vienen a nosotros
con historias de niños
perdidos en el caos.

Deben imaginar
que sabemos cómo encontrar
a los pequeños que se esconden en los establos
y a los adolescentes armados de ira.

Si supiéramos cómo encontrar
a los perdidos, sabríamos
cómo redescubrir
las partes de nuestras mentes
que quedaron atrás,
en la batalla.

Rosa

Así es como se cura una herida:
Limpia la carne.
Cose la piel.
Reza por el alma.
Espera.

José

Un niño herido me dice
que nunca ha visto a un hombre hecho y derecho
que esté orgulloso de ser enfermero.

«Es trabajo de mujeres», se burla,
pero yo sonrío: ¿qué podría ser
más varonil que conocer
los nombres raros y los usos mágicos
de robustos árboles medicinales
con poderosas
raíces ocultas?

Teniente Muerte

Me siento viejo,
pero soy lo suficientemente joven
y lo suficientemente fuerte
para saber que una batalla
lleva a otra.

Mientras termina esta Guerra Chiquita,
me pregunto:
¿cuántos años pasarán
antes de que por fin tenga la oportunidad
de matar a "Rosa, la bruja"
y a su esposo, José,
y a los rebeldes que ellos curan,
año tras año,
como leyendas que se mantienen vivas
sin nada más mágico
que las palabras?

Rosa

¿La Guerra Chiquita?
¿Cómo puede haber
una guerra chiquita?

¿Acaso algunas muertes
son más pequeñas que otras,
dejan madres
que lloran
un poco menos?

José tiene la esperanza de que pronto
habrá otra oportunidad
de ganar la independencia de España
y la libertad para los esclavos,

pero todo cuanto veo es muerte, siempre la
    misma,
siempre enorme, nunca chiquita,
sin importar cuántas mujeres vienen a ayudarme,
pidiendo que las entrene en el arte de aprender
los nombres de las flores de la manigua
y los nombres de la gente valiente.

CUARTA parte

La Guerra de Independencia
1895–98

Rosa

Esta nueva guerra empieza con rimas:
los *Versos Sencillos* de Martí,
el más querido poeta de Cuba.
José Martí,
que guía con palabras,
no sólo con espadas.

Es él quien inspira
a El Zorro y a El León a combatir de nuevo,
aunque Martí era apenas un niño poeta
durante las otras guerras,
un adolescente arrestado
por escribir del anhelo de Cuba
de independizarse de España
y ser libre de la esclavitud.

Martí es hijo de un español.
Escribe del amor a su padre español
y escribe de lo necesario de la paz...
y, sin embargo, lucha.
Me dice que la manigua lo consuela
mucho más que las musicales olas
de la más bella de las playas.

Martí pronto pierde la vida
en combate.

No puedo salvar al poeta
de las balas.

José

Una vez más, El Zorro y El León cabalgan
a través de montañas verdes y granjas,
cañaverales y cafetales incendiados,
sembrados de tabaco, con su humo aromático que
    sube
como una tormenta salvaje
de la esperanza...

Una vez más, cuido el hospital de Rosa
mientras ella atiende a los enfermos y heridos
en lugares secretos, bohíos de guano
y cuevas centelleantes...

Una vez más, viajamos invisiblemente,
colándonos entre las líneas de los fortines y las
    tropas españolas,
en noches sin luna,
fumando unas brevas para hacer que nuestros
    movimientos
se asemejen a la danza nerviosa
de las luciérnagas...

Teniente Muerte

Una vez más, hombres claros y oscuros
combaten lado a lado,
como si nunca hubiera existido la esclavitud...
Niego con la cabeza, aún incapaz de creer
que la esclavitud terminó en 1886:
todas las habilidades de mi larga vida,
todas las artes de cazar esclavos
se perderán...

Al menos no me siento inútil:
aún quedan los canarios que vinieron con
    contratos serviles
que los convierten en esclavos blancos, ciudadanos
    de España.
Cuando huyen, los persigo, igual que antes:
como en los viejos tiempos,
cuando eran africanos de cada tribu
y los esclavos chinos y los irlandeses
y los indios mayas de Yucatán...

Ahora nada tiene sentido.
Anhelo retirarme, a una granja con una vista

del atardecer
y un portal con un balancín...
tan pronto mate
a la vieja bruja...

Teniente General Valeriano Weyler y Nicolau, Marqués de Tenerife, Imperio Español

Esta nueva rebelión debe terminar en el acto:
he prometido alcanzar la victoria
en treinta días.

Enviaré una proclamación
ordenando a todos los campesinos que se
    presenten de inmediato
en ciudades en las cuales no puedan cultivar
para dar de comer a los rebeldes,
sus primos,
sus hermanos...

Les daré ocho días a los campesinos
para que lleguen a ellas:
estos *sitios de reconcentración*
—el nombre yo mismo lo he creado—
son un brillante y novedoso concepto,
la única estrategia que puede garantizar
control absoluto sobre la tierra
mientras se la presenta
como una manera de mantener a los campesinos
    confinados
por su bien propio.

Cuando hayan pasado ocho días,
cualquier hombre, mujer o niño
que sea encontrado en la campiña
será ejecutado.

Rosa

¿Ocho días?
Ocho días.
Weyler está loco.
¿Cómo puede esperar
que tantos viajen tan lejos
y tan rápido?

Ocho días.
Imposible.
Miles de familias
no habrán ni escuchado
sobre la orden
de reconcentrarse
en esos sitios
dentro de ocho días.

Silvia

Tengo once años y mi vida es esta granja.
Mi padre ha muerto
y mi madre está enferma.
Mi vida es sembrar, cosechar
y ocuparme de mis hermanos gemelos.

Sólo ocho días...
imposible de creer.

No empaco nuestras cosas de inmediato.
Primero espero a ver si este extraño rumor
es cierto.
Entonces, unos soldados de uniformes chillones
nos queman la casa,
arrasan con nuestra granja como si fueran pájaros
    hambrientos,
se roban el carretón y los bueyes, los caballos, las
    mulas,
hasta las gallinas
y la vaca que tanta falta hace
para darles leche a los gemelos,
mis hermanitos:
¿morirán de hambre?

Ya no queda nada que empacar, ni siquiera ropas,
así que me alejo de la granja,
guiando a mi madre
y cargando a los bebés
mientras mis ojos miran a las montañas
y mis pensamientos se vuelven
a los cuentos de curanderos,
la leyenda de Rosa...

Silvia

Hace mucho tiempo, mi abuela
fue uno de los pacientes de Rosa
en un hospital que era una cueva:
toda la vida he escuchado maravillosos
cuentos de curaciones.

Cuando esta nueva guerra comenzó,
mi abuela me dijo
cómo huir a las cuevas.

Encontrar a Rosa ahora me parece tan probable
como convencerla de que soy lo suficientemente
    mayor
para ayudarla a tratar a los heridos
mientras aprendo el arte de enmendar los huesos,
sin usar otra magia
que las flores
de los árboles de la manigua.

Al menos, conozco los nombres de las flores:
eso me lo enseñó mi abuela.

Rosa

Trepo una palma
y miro la locura
oculta tras una penca de guano.

Los soldados arrean a los campesinos y los llevan
a lugares, cercados y vigilados,
rodeados de trincheras y fortines.

No veo ni casas ni tiendas de campaña, ni
        hospitales...
Todo cuanto puedo hacer es mirar con lágrimas
        silentes
cómo hombres heridos, mujeres embarazadas
y niños indefensos son conducidos —como si
        fueran ganado—
a estos sitios
que son sinónimo
de "prisión".

Silvia

Mi madre está débil,
así que debo ser fuerte.

Obedezco y arrastrando los pies entro al extraño
    lugar indicado
por el Ejército Español, un sitio de
    reconcentración
del cual no sé qué esperar.
Aprieto firmemente a mis hermanitos
en mis brazos,
y me pregunto en secreto si los guardias armados
    pueden adivinar
que estoy pensando en las milagrosas flores de
    Rosa,
en cuevas de cristal,
cavernas profundas
de paz oculta.

Rosa

Cuando cae la noche,
bajo de la palma
y me escabullo de vuelta al bosque,
deseando poder traérmelos a todos conmigo,
todos los refugiados marchan en bandadas como
    pájaros
perdidos en una tormenta, volando a las montañas
en busca de árboles que luzcan como guardianes
    sólidos
con ramas llenas de hojas que susurren
dulces y reconfortantes canciones de cuna.

Unos cuantos refugiados nos encuentran.
Algunos son hijos
de mujeres que me ayudaron
a cuidar a los heridos
hace mucho tiempo...

Soy maestra de las nietas
de las mujeres cuyas vidas salvé
y de los hombres que perdieron la vida.

José

Intentamos ayudar a los refugiados
que nos encontraron.
Rosa entretiene a los niños asustados
pretendiendo ser una dentista mágica,
mientras mete la mano en la boca de un hombre
cuyos dientes adoloridos debe extraer
para que sobreviva.

Parece estar sacándole los dientes
sólo con sus dedos.
Yo soy el único que sabe
que ella oculta una llave pequeña
en la mano, una herramienta simple
que alivia el sufrimiento del hombre.

Cuando saca el diente,
el hombre le agradece en un susurro
e intenta reír un poco,
haciendo que el dolor parezca desaparecer
y consolando así a los sorprendidos
y risueños niños.

Yo soy el único

que ve los pesares de Rosa,
el único que conoce
cuán difícil es empezar de nuevo,
otra guerra de fiebre y heridas,
el cansancio creado
por la esperanza sin límites...

Silvia

El hambre, la fiebre,
los gemidos de mi madre,
los gritos de mis hermanos,
la locura, la crueldad o la bondad
de cada nuevo vecino,
todos estos extraños que lloran
apiñados en casas improvisadas
de hojas y pajas, frondas de palma y fango.
Paciencia, impaciencia, desesperanza,
    esperanza...

Miro fijamente a los fortines
con huecos en la madera
que parecen ojos:
huecos para las armas
de los soldados
que nos vigilan
día y noche.

Rosa

Son demasiados.
No puedo curar a tantos.

Las mujeres vienen de voluntarias.
Les enseño curas sencillas.

Ajo para los parásitos, añil para los piojos,
jengibre silvestre para aliviar un catarro,
jazmín para apaciguar los nervios exasperados,
guayaba para componer el estómago,
aloe para las quemaduras.

¿Existe al menos un remedio
silvestre y fragante
capaz de aliviar las penas
y curar el miedo?

Silvia

Al otro lado de la cerca hay un árbol especial
para colgar a quienes intentan
escaparse.

Pasillos de casuchas hechas con fango y ramas,
niños demasiado débiles como para comer o
    llorar,
fiebre amarilla, cólera, varicela, tétano,
malaria, disentería, inanición,
los ojos febriles y distantes de mi madre...

este lugar es las cenizas y el hollín
de la vergüenza humana.

José

Ira, furia, sin tiempo para el miedo,
sin espacio para la tristeza.

Nos gusta bromear
acerca de que los soldados españoles son sólo
    dueños
de esa pequeña porción de Cuba
    que cubre
la suela de su zapato.

Nos gusta decir que hemos aprendido
a aparentar que obedecemos las leyes del Imperio
    Español,
sin obedecerlas en realidad.

Nuestras vidas son cuevas
llenas de secretos.

Silvia

Hoy cumplo doce años.
Mi madre está en el cielo.
Siento que he cumplido doce mil.

Una carreta de bueyes se la llevó.
El conductor es de piel oscura y de sonrisa
    amable.
Le pregunto por qué hace este trabajo,
y me explica que es un voluntario
de la Hermandad de la Caridad y la Fe,
un grupo religioso de hombres negros que se
    ocupan de los enfermos
y entierran a los muertos, incluso a los criminales
    ejecutados
abandonados por sus propias familias.

Le pregunto si sabe
dónde puedo hallar a "Rosa, la bayamesa",
la enfermera de las cuevas de Cuba.

Parece sorprendido, pero me responde
    tranquilamente:
primero tendrás que irte de aquí;
primero tendrás que escaparte.

Silvia

La carreta de bueyes viene todas las tardes,
la gente la llama "la Carreta de la Muerte".
Pero yo pienso en ella como un carruaje
conducido por mi amigo, un ángel,
un hermano de la Caridad y la Fe.

El hombre ángel me trae
pequeñísimos pedazos de comida contraban-
    deada,
pero nunca hay la suficiente
y mis hermanos se están convirtiendo
en sombras.

Les doy de comer
comidas imaginarias
de aire.

Rosa

El viento
es un viento maldito.

Hago sogas con tiras de hibisco
y astillas de la corteza de la palma,
mi único remedio para sanar los huesos.

Mi mayor miedo es ser inútil,
así que pincho y dreno heridas infectadas
con las espinas de los árboles de naranja agria,
y trato las llagas de la varicela
con el jugo de los ñames hervidos.

Uso las hojas perfumadas
de los pimientos
para enmascarar el olor
de la muerte.

José

El general Máximo Gómez, El Zorro,
le pide a Rosa que escoja doce hombres de
    confianza
que puedan ayudar a construir un hospital más
    grande,
tan sólido y bien escondido
que nunca pueda ser descubierto
ni atacado.

Mi esposa dice que con dos de confianza
será suficiente.

Le dice a El Zorro que ella es fuerte.
Quiere ayudar a cortar la leña
para construir nuestro nuevo hogar.

Silvia

Concéntrate. Reconcéntrate.
Congrégate, agrúpate, apíñate, amontónate.
Éste lugar a donde nos ha mandado Weyler hace
    que mis brazos y mis piernas
se pongan tan flacos que incluso hasta mi mente
    siente hambre.
Concéntrate. Reconcéntrate.
Haz planes, presta atención, céntrate, piensa.
Ahora estoy sola. Mis hermanos
están con mi madre.
El carretón de bueyes viene y va.

El hermano de la Caridad y la Fe
ve mi desesperanza.
Me deja irme con él,
oculta en su carreta.
Me voy.
¿Adónde voy?

Silvia

El carretón chilla,
las ruedas cantan...
la noche está sin luna,
mi cuerpo se siente antiguo,
mi mente se siente joven.

El conductor se vuelve y sonríe.
Me pasa un tabaco, una luz que parpadea.
Me enseña cómo fingir
que soy una luciérnaga.

Señala un hueco en la cerca,
se lleva el dedo a los labios
y entonces dibuja un mapa en el cielo:
una imagen del camino
para encontrar a Rosa.

Silvia

Bailo a través del hueco en mi vida cercada,
moviendo la pretendida luciérnaga con la mano,
no con la boca, pues temo que no podré
contener la toz.

La pequeña luz sube, baja, revolotea,
es sólo una apestosa breva
que pretende volar,
pero lleva la memoria
de la mano del conductor del carretón de bueyes
que me enseña cómo encontrar a la mujer
que alguna vez le salvó la vida a mi abuela.

La cueva de Rosa es el único lugar que añoro
ahora que mi familia está en el cielo.

Silvia

Las ranas plataneras, las lechuzas chillonas, las
    hojas bailarinas
de los felpudos helechos, los pétales fragantes
de las orquídeas salvajes.

Alas nocturnas, grillos,
imagino secretos
preguntándome qué flores
pueden salvar una vida
y cuáles pueden ser peligrosas
si no aprendo pronto, si alimento
tan solo un poco de más a un paciente...

¿Me enseñará Rosa?
¿Es real Rosa o es sólo otro
de esos cuentos reconfortantes
que cuentan los viejos
a la hora de dormir?

Silvia

Truenos sin luna, relámpagos silentes, las huellas
de los ponis de montaña.

Chiflidos mambises, un arroyo, juncos altos, el
    arrullo
de una cascada, mis propias caídas, exhausta
mientras canto esperanzas salvajes.

Un trillo, más huellas de herraduras, una mujer de
    azul
con el pelo negro, largo y suelto como el mío.

El silbido de un canario
que habla la lengua secreta de silbo.

Mis pies descalzos, ahuesados, que corren, que
    siguen
corriendo rumbo a Rosa...

José

Hago guardia toda la noche, cantando en silencio,
en mi mente, para mantenerme despierto.

Duermo durante el día, mientras otros vigilan.
Un silbido se cuela en mi sueño...

la cara de una niña pálida, esquelética,
dos ojos, grandes y profundos pozos
de miedo...

Silvia

¿Sabrá el anciano del bosque
que canta dormido?

Lo miro fijamente, me mira fijamente,
y entonces ambos sonreímos.
Rosa, me escucho cantar el nombre
una y otra vez,
rogando por una mujer flor
que me enseñará cómo salvar vidas.

Le digo al anciano que ya conozco
los nombres de las flores, que lo único que
    necesito
es la oportunidad de aprender su magia.

Me dice, en un suspiro:
«Sí, por supuesto, un niño más
es siempre bienvenido,
sígueme...».

Rosa

La niña nueva es tan delgada y pálida
que no la puedo dejar que me ayude
hasta que haya aprendido
a curarse a sí misma.

La hago comer, dormir, descansar.
Se resiste.

Veo una historia en sus ojos.
Ella piensa que no tiene derecho a comer
mientras tantos otros mueren de hambre.

Silvia

Rosa es una mandona.
Pensé que sería dulce y amable,
pero me obliga a tomarme la sopa
y me cose una herida en la frente,
sólo un arañazo de una espina en el bosque,
pero lo estudia del mismo modo en que yo
    estudiaba los fortines
en lugar donde antes estaba, con los huecos para
    las armas
que parecían ojos.

La aguja me duele, el hilo me da picazón.
Quizá no quiero ser enfermera, después de todo.
La velocidad, me dice Rosa, es el mejor analgésico,
así que me cose la piel muy rápido, muy calmada,
con una expresión tan misteriosa como un libro
escrito en algún alfabeto extranjero
de una tierra distante.

Me mira la lengua,
pone un dedo en mi muñeca
y explica que me está tomando el pulso.
Me dice que no tengo lepra, ni la peste negra,
ni varicela, tétano, escarlatina,

ictericia o difteria.
A estas alturas, añade, debes ser inmune
a la fiebre amarilla
y a la malaria, bueno, esa es una enfermedad de la
    que muchos cubanos
seremos portadores
durante toda la vida.

Me imagino arrastrando una maleta llena
de enfermedades pesadas...
Sueño despierta con un barco, una ruta de escape,
    el océano...

Rosa

La niña se ha recuperado lo suficiente como para
    aprender.
Le enseño una cura a la vez.
Una cataplasma de quimbombó para las
    inflamaciones.
Arrurruz para extraer el veneno de una herida.
La fruta del cactus para aliviar el catarro.
Jugo de hibisco para la sed.
La miel para sanar.

Le enseño el taller en el que se hacen las
    monturas
con cuero teñido con jugo de granada,
y le enseño el taller
donde se tejen los sombreros
con las fibras secas de las pencas de guano,
y el lugar donde se les da forma
a las velas de cera de abejas
que alumbran los libros raros
en los que los niños de las cuevas aprenden
a leer los consoladores *Salmos*
y los *Versos sencillos* de José Martí,
nuestro poeta de la memoria,
nuestra memoria de la esperanza...

Rosa

Los jóvenes son como la madera de un árbol de
    boya:
ligeros y aireados: pueden flotar, como las balsas,
como los botes...

José y yo somos de la madera dura
del árbol de guayacán,
ese que los constructores de barcos llaman "el
    árbol de la vida"
porque es tan denso
y tan lleno de resina
que se hunde
y es ideal para el árbol de transmisión:
la madera nunca se pudrirá,
pero no puede flotar...

Los jóvenes andan a la deriva con sus sueños
    aireados.
Los ancianos ayudan a que no se vayan a bolina.

Silvia

Rosa me ayuda a ver las cuevas
a su manera.
Miro en la manigua,
donde ella ha sido libre,
tan viva en esta maravilla
en la que los árboles crecen como torreones
con ventanas que se abren
a habitaciones de luz.

Ya no puedo imaginarme
viviendo en otro sitio,
sin este jardín de orquídeas
y de papagayos brillantes.

Pienso en todo lo que sé
de cuentos de castillos.
Siempre hay unas mazmorras,
y una capilla,
y campanas de esperanza...

Rosa

Silvia me dice que solía visitar
a sus abuelos en el pueblo.

Tenían pájaros enjaulados
y en los atardeceres caminaban
con las jaulas a una colina
a mirar la caída del sol.
Dentro de cada jaula, el pájaro cautivo
cantaba y revoloteaba y le bailaban las alas.

Silvia admite que siempre se preguntó
si los pájaros se imaginaban que estaban volando
o si quizá entendían las limitaciones
de las barras de bambú, las paredes de cada jaula
    diminuta.

Ahora me pregunto a mí misma sobre mis
    propias limitaciones
mientras intento ser madre y abuela
de una niña que ha perdido
a todos sus seres queridos.

Rosa

El Zorro me ha nombrado
la primera mujer Capitana
del Hospital Militar,
la primera enfermera del ejército rebelde cubano
que será recordada
por su nombre.

Pienso en todas las otras
que me precedieron
en las tres guerras,
curando a los heridos, sanando a los enfermos,
mujeres sin nombre, ahora olvidadas,
sus voces y sus manos,
sólo parte de la manigua,
susurrando como las hojas pálidas de la yagruma
en la brisa.

En los días calurosos, incluso la sombra
de una hoja de yagruma
brinda una medicina relajante,
la magia de un tranquilo momento
de paz.

José

Las advertencias llegan de todas direcciones.
Teniente Muerte, el viejo ranchero,
nunca se da por vencido.
Ha sido visto demasiadas veces, rastreando,
     persiguiendo,
cazando a su presa.

El precio de la oreja de Rosa crece:
su oreja, la prueba de su muerte.

Trepo una encumbrada palma
para mirar los movimientos de las sombras abajo.
Espero, estudiando las formas para ver
cuáles pueden ser de rebeldes heridos,
que vienen a Rosa buscando auxilio,
y cuál puede ser la Muerte,
que viene con su apodo,
aunque Rosa le curó la carne
hace tanto tiempo.

Ella no supo
cómo curar
su alma.

Teniente Muerte

Árbol del estrangulador, árbol de vela, sangre de
    dragón.
Los nombres de las plantas del bosque
me guían a "Rosa, la bruja".

Nunca le podré decir a nadie mi nombre real
o habrá venganza de los rebeldes, después de que
    la mate.

Ella es una loca: ayer mismo, escuché
que limpió y vendó las heridas
de cuarenta soldados españoles,
y que Gómez, el Zorro, los dejó irse,
confiscando sólo sus caballos, monturas y armas
y dejándoles la suficiente comida para subsistir.

No en balde tantos jóvenes españoles
están cambiando de bando, uniéndose a los
    rebeldes,
convirtiéndose en cubanos.

Hay que detenerla.
No tiene sentido curar a los enemigos
para que se conviertan en amigos.

Rosa

Cuando viajo
entre dos hospitales,
escucho a los árboles que hablan
con el movimiento de sus hojas.

El caballo que monto
me canta
al mover nerviosamente las orejas,
diciéndome lo mucho
que odia
las llamas de la guerra.

Le acaricio la melena
para que sepa
que lo mantendré a salvo.
Espero que eso sea cierto...

Teniente Muerte

Acampo debajo
de una barrera de rocas,
casi una cueva,
debo estar cerca...

Aplasto el capullo de una flor,
lo exprimo
para sacarle el jugo
que se habría convertido
en un retoño
con néctar
para las abejas.

Silvia

¿Cuánto tiempo hemos desandado Rosa y yo
estas verdes colinas musicales?

Cada paso que da mi pequeño poni de montaña
tiene un ritmo, la música del movimiento,
una forma de sacar lo máximo de cada
    oportunidad,
de curar una herida, bajar una fiebre, salvar una
    vida...

Cabalgamos durante la noche oscura
rodeadas por la belleza del canto de las lechuzas,
las ranas plataneras, las melodías de las cigarras,
el aletear de las alas de los murciélagos
y las hojas en la brisa,
todo esto me enseña
cómo cantar sin ser descubierta
por soldados que nos encontrarían y matarían
si mi canción se convirtiera en palabras...

Rosa

Las cicatrices del miedo queman tan intensamente
que ya no monto mi caballo
con un pedazo de metal en su suave y delicada
    boca.

No uso una brida de soga,
ni una montura de cuero,
ni espuelas filosas de metal.
He aprendido a conducir el suave andar
de Paso Fino, mi caballo de montaña,
moviendo mi peso y mi mirada,
muy delicadamente,
lo suficiente para decirle
a dónde quiero ir.

He aprendido a elegir una dirección
con mis rodillas y mis manos
y mis esperanzas...

Teniente Muerte

Me pongo un amuleto rojo en el sombrero
para protegerme del mal de ojo de Rosa.

Las cuevas son interminables.
Si jamás encuentro a Rosa,
¿me encontrarán
las serpientes de las cuevas?

Sin aliento, corro,
retrocedo, hacia la luz del sol,
donde los pequeños lagartos azules
y las enormes iguanas verdes
inclinan la cabeza
como si se estuvieran burlando de mí,
con una malvada risa silente...

¿Me ha echado una maldición la bruja?
¿Estoy loco por pensar en estas cosas
cuando debería estar cazando, rastreando,
trabajando duro?

Silvia

Antes de la guerra, un funeral implicaba
    campanas,
trompetas, tambores,
flores blancas y caballos negros
que vestían borlas negras.

Ahora sólo nos arrodillamos, luego nos ponemos
    de pie,
preguntándonos por qué no hay sacerdotes
aquí en la manigua...
ni sepulcros, ni sepultureros con palas,
sólo niños con machetes atados a unos palos
para escavar y casi ningún llanto
ni cantares, ni flores...

Me pregunto qué pensaría el Rey de España
si pudiera vernos.
Él es sólo un niño, de más o menos mi edad.
He visto su retrato, con ojos tristes
y sin sonrisa: ¿acaso entiende algo
de esta guerra?

Teniente Muerte

Marcho junto a un ejército de cangrejos de tierra,
con sus tenazas anaranjadas sonando como
    tambores.
Los cocodrilos saltan de los pantanos,
mientras las jutías los miran desde los árboles,
    petrificadas.

Las cotorras verdes se lanzan en picada
por encima de los abultados troncos
de las palmas regordetas.

Las tiñosas hacen sus nidos en túneles de fango.
Un colibrí se sostiene en el aire junto a mi oído.
Los flamencos rosados pasan volando,
    cloqueando.
En la noche, un murciélago liba el néctar
de flores blancas
del tamaño de mi puño.

La fiebre se apodera de mi mente.
El pánico, la ira, luego el miedo una vez más...
Tantos años en esta jungla,
y ahora estoy aquí,
solo...perdido...solo...

José

Ya no tenemos suficiente comida
para tantos pacientes.

Silvia y yo salimos a recoger
ñames silvestres y miel.

La niña me dice que su abuela
le enseñó cómo curar la tristeza:
chupa el jugo de una naranja
cuando estés frente a una playa.

Tira las cáscaras a una ola.
Mira cómo se va flotando la tristeza.

Rosa

Una noche, un hueco aparece en las pencas
del más grande tejado de nuestro hospital.

La cara de una mujer.
Un niño.

Está enfermo. Cúralo,
ruega la madre.

Miro alrededor y me doy cuenta
de que la mujer entró por el techo
pues la puerta estaba muy abarrotada
con familias que lloran, rebeldes que se quejan,
mujeres que imploran...

Esta guerra es una serpiente
que crece, que se estira...

Silvia

En pantanos salvajes,
limpio y pongo vendas
en las heridas de bala
de los soldados españoles.

Los más jóvenes son niños:
chiquillos de once, doce, trece...

Los que sobreviven me dan las gracias
con palabras y sonrisas,
a pesar de que las únicas medicinas que tengo
son un poco de jugo de limón y cenizas.

Silvia

A veces estamos tan hambrientos
que cantamos sobre cómo hacer un ajiaco,
de esos en que la cazuela se llena con toda clase
de carnes y vegetales.

Hacen falta muchos cocineros para hacer un
    ajiaco.
Cada persona sólo trae un pedazo de carne
o una papa, una malanga o una cebolla,
o sal marina.

Cuando el guiso está listo, todos bailan.
En la playa, unos nadadores patalean: demuestran
los métodos que han aprendido
para luchar contra los tiburones.

Aunque mi ajiaco es imaginario,
termino sintiendo
que algo especial ha ocurrido.
Me quedo dormida y sueño con música y amigos,
no con comida.
Me quedo dormida con mi familia entera,
alrededor mío, todavía viva...

Teniente General Valeriano Weyler y Nicolau, Marqués de Tenerife, Imperio Español

En un palacio de La Habana,
practico el arte del juego de la lanza,
montado a un caballo de madera que da vueltas y
    vueltas
en un carrusel, empujado por un esclavo.

Cada vez que completo un círculo,
ensarto mi fina espada
en un anillo de madera.

Cuando esta guerra termine
y haya ganado,
me compraré unos de esos lujosos
nuevos carruseles mecánicos
con muchos caballos pintados
y un anillo de oro.

Silvia

¡Hoy ocurrió la cosa más maravillosa!
Un hombre vino de muy lejos para entregarle a
   El Zorro
una espada ceremonial enjoyada
hecha por Tiffany,
alguien muy famoso en Nueva York,
la ciudad en la que trabaja este visitante
en un periódico que se llama *The Journal*,
un nombre foráneo que jamás
espero pronunciar bien.

Cuando le pregunté a Rosa por qué a un
   periódico
le interesaría tanto nuestra isla,
encontré problemática su respuesta.

Dice que los cuentos de sufrimiento venden
   periódicos
que hacen que los lectores se sientan a salvo,
porque están muy lejos
del horror...

Silvia

Más y más jóvenes vienen a unírsenos.
"El Grillo" es pequeño, oscuro y animado.
Se ha ganado su apodo por ser tan hablador.
Sólo tiene once años, pero tiene un trabajo
    importante.
Ayuda al desertor español
que cocina para El Zorro.
Cuán raro debe ser trabajar de asistente de cocina
en esta manigua, sin una cocina de verdad,
especialmente en días en que no hay ni comida.

Algunos de los oficiales sólo tienen catorce años.
La abanderada es una niña de mi edad.
Cuando los soldados españoles la ven, titubean.
No están acostumbrados
a disparar a niñas.

Las Hermanas de la Sombra tejen sombreros
para aliviarnos del sol.
Me enseñan a coser
un acolchonado amuleto de tela
para que lo lleve sobre mi corazón y me proteja
de las balas.

José

Cada rebelde tiene un apodo.
"El Indio Bravo" tiene el pelo negro y largo,
como sus ancestros taínos.
"Los Inglesitos" tienen el pelo claro,
por eso los llamamos así,
aunque sólo hablan español.
"Los Pacíficos" son eso mismo.
Cultivan sus cosechas para alimentar a sus
     pequeños,
en lugar de escoger bandos en la guerra.

Los apodos de todos tipos son llevados con
     orgullo,
excepto "Majá", que es una culebra de las cuevas,
como la serpiente que se oculta en la oscuridad
a la espera de murciélagos:
"Majá" es el nombre que les damos a los cobardes
que escogen los caballos más lentos para cabalgar
a la batalla, con tal de ser los primeros
en regresar y sobrevivir
si se ordena la retirada.

José

La guerra es como el juego
de la gallina ciega.
Nosotros nos escondemos. Ellos nos buscan.
Un disparo de una vieja carabina
y las tropas españolas devuelven el fuego
con miles de balas de Máuseres,
cañones, explosivos...

Por eso me oculto, disparo y espero
a que ellos gasten municiones
disparándome a mí,
a la manigua,
haciendo blanco sólo en los arboles.

Silvia

Los heridos son sagrados.
Nunca los abandonamos.
Cuando todos los demás
huyen del campo de batalla,
los enfermeros son quienes
se apuran a llevar
los heridos
a Rosa.

Estoy aprendiendo
cómo mantenerme
lo suficientemente ocupada
como para no preocuparme
por la muerte.

Rosa

Hoy los niños salvaron
a nuestros pacientes, a los enfermeros, a mi
    esposo, me salvaron la vida.
Los soldados españoles llegaron marchando
al ritmo de trompetas y tambores.
Silvia, El Grillo y las Hermanas de la Sombra
corrieron y agarraron panales de abejas.

Yo estaba tan cansada que estaba soñando.
No tenía idea de que estábamos en peligro.
Dormía durante el tamborileo y los zumbidos,
los llantos de miedo, los gritos de sorpresa...
Nuestros panales engañaron a las tropas
y las hicieron huir: ellos no saben
que estas abejas no tienen ponzoña.

Ahora nos damos banquete con la miel silvestre.
Encendemos una vela, y nos turnamos en la
    lectura
de los *Versos sencillos* de José Martí.
Mi preferido es el que habla de conocer
los nombres extraños de las flores.

José

Qué raros y repentinos
son los cambios en tiempos de guerra.

Poco después de la victoria de las abejas,
sufrimos una derrota terrible.
Un espía traicionó a El León:
reveló su paradero.
Fue emboscado.
Y se nos fue.

El Zorro ahora está solo, sólo un líder...
y tantos sueños.

Silvia

Nuestro León ha muerto,
pero Weyler, el Carnicero,
ha sido devuelto a España,
humillado ante su fracaso
de derrotar a los rebeldes mambises...
¿Cómo decidir
si llorar por El León
o celebrar el fin de la reconcentración
en Cuba?

El lugar donde mi familia moría de hambre
y tiritaba de fiebre...
ese sitio ahora está abierto.
Los guardias se han ido.

Los sobrevivientes pueden irse
si tienen
fuerzas para hacerlo.

QUINTA
parte

El árbol de la rendición
1898–99

Rosa

Nadie entiende
por qué un buque de guerra de Estados Unidos
ha echado anclas
en la Bahía de La Habana.

No sabemos
cómo el barco ha explotado,
matando a cientos de marinos americanos,
que debieron haberse sentido tan a salvo
a bordo de su poderoso acorazado.

¿Quién puede ser culpado
por la bomba?

José

Después de que el *Maine*, el buque de guerra
    norteamericano,
explotara en la Bahía de La Habana,
los soldados españoles en Cuba
ya no son pagados ni alimentados
por su atribulado ejército.

Los desertores huyen a las montañas
en cientos, luego en miles,
vienen a nosotros buscando misericordia,
implorándonos para cambiar de bando
y convertirse en mambises rebeldes,
porque nosotros sabemos cómo encontrar
tubérculos y flores silvestres
que nos mantienen con vida.

Qué rápido los viejos enemigos
se convierten en amigos.

Silvia

Los reporteros de diarios extranjeros
colman nuestros valles y montañas,
viajan a Cuba
de lugares distantes
con nombres extraños.
Algunos vienen con cámaras,
otros con cuadernos de bocetos.

Rosa posa tranquila.
Yo sonrío.
El Grillo se ríe
porque aunque algunos de los artistas
son increíbles,
otros son solapados:
un reportero hace un boceto del cocinero gordo
y lo hace lucir más delgado y más apuesto
para halagarlo
antes de rogarle que le dé más comida.

Sólo José se niega a ser fotografiado
o dibujado: dice que una vez
conoció a un hombre
que posó y fue herido por la cámara,
y ya nunca volvió a ser el mismo.

No creo que José tenga miedo.
Sólo quiere mantener nuestros rostros
y nuestros hospitales
escondidos, a buen resguardo.

Rosa

Los campos son un territorio fantasma
de granjas quemadas y cenizas de casas,
árboles esqueléticos tiznados por el humo.

Los rumores florecen
y se marchitan como orquídeas.

Algunos dicen que la Caballería de Estados
    Unidos
está aquí para ayudarnos.
Otros insisten en que los americanos
deben haber plantado una bomba
en su propio buque de guerra
sólo para tener una excusa
para pelear en Cuba,
cuando ya se acerca el fin
de nuestras tres guerras
de independencia.

Silvia

Los miembros de la Caballería de Estados
   Unidos
se hacen llamar "los Rudos Jinetes",
pero José los llama "los Caminantes Cansados"
pues la fiebre los ha debilitado tanto
que tienen que desmontar
y guiar a sus caballos
a través de los pantanos de Cuba.

Algunos de los norteños
que vienen a nuestro hospital con fiebre
son hombres morenos que se ríen
cuando se llaman a sí mismos
"Los Inmunes".

Dicen que les prometieron
que si se enlistaban como voluntarios para pelear
   en Cuba
se mantendrían saludables:
al parecer, en tierras del norte,
a la gente de piel oscura se le creía a salvo
de las fiebres tropicales,
hasta que Cuba empezó a enseñarles
a los doctores norteños
la verdad.

Rosa

Sonrío mientras Silvia intenta aprender inglés
con los nuevos pacientes, algunos claros, otros
    oscuros,
todos hablando el mismo idioma raro, cual lengua
    de pájaros.

No puedo entender
por qué los soldados oscuros del norte
y los de piel clara
están separados
en diferentes brigadas.
Los muertos son enterrados todos juntos
en tumbas colectivas hechas con premura,
sus huesos se tocan entre sí.

José

Sirvo de guía a los Rudos Jinetes,
algunos son *cherokees* y *chippewas*,
otros antiguos cazadores de osos y mineros,
ganaderos, jugadores, estudiantes universitarios
y doctores.

Rosa no les permite a los doctores extranjeros
que sangren a hombres febriles
que ya están débiles
o que cubran sus heridas con una pasta
venenosa de mercurio y cloro,
así que la mayoría de los Rudos Jinetes
son llevados a sus propios buques hospitales
donde pueden ser tratados
sin la ayuda
de mi empecinada esposa,
a pesar de que ella
tiene la razón...

Rosa

Gómez es un zorro verdaderamente astuto.
Escribe en su diario:
lo pone al tanto de cada batalla,
cada movimiento, cada guía cubano
contratado para ayudar a los americanos
a encontrar su camino en nuestra manigua,
mientras persiguen grupos de desesperados
soldados españoles.

Estoy complacida de ver a El Zorro
escribiendo columnas de números.
Registra cada deuda, sin importar lo ínfima que
    sea.
Promete que cada "Pacífico",
cada campesino trabajador será compensado
por cada grano de maíz, cada cerdo, cada gallina.

Le doy gracias a Dios de que algunos campesinos
no se trasladaron a los sitios de reconcentración.
Subsistimos con comida producida
por quienes se quedaron escondidos
en valles remotos,
sembrando con la luna
y cosechando a la luz del sol.

Silvia

Veo a los soldados extranjeros
escribir cartas
a sus familias.

Grillo también está fascinado:
nunca ha ido a la escuela.
Apenas puede leer.

Uno de los Rudos Jinetes nos dice
que le está escribiendo a su esposa
sobre nosotros
y sobre Rosa,
la manera en que trata a todos por igual,
sin recibir pago alguno
ni escoger favoritos.

Rosa

Viajo a los sitios de reconcentración,
donde gente esquelética va y viene a su antojo,
caminando como fantasmas, vagando,
    afligiéndose.

Las enfermeras americanas entregan comida
a quienes hacen cola temprano,
mientras dura.
Las enfermeras usan sombreros blancos alados,
    como ángeles.
Conozco a Clara Barton, con su sombrero alado
    de ángel.
La famosa enfermera de la Cruz Roja
me dice que lamenta no poder ayudar antes,
cuando no había ni comida
en los sitios de reconcentración, ni medicinas.
Ahora puede ayudar,
pero para muchos la ayuda llega demasiado tarde.

Me da un sombrero
con alas blancas y una cruz roja como la sangre,
los colores del jazmín
y de las rosas.

Silvia

Algunas de las enfermeras del ejército
    norteamericano
son jóvenes monjas *lakota sioux*
que han venido a ayudarnos
a pesar de que su propia tribu en el norte
ha sufrido tanto, durante tanto tiempo,
muriéndose de hambre o peleando
en sus propias guerras remotas.

Una de las monjas
se llama Josefina Dos Osos.
Promete hacerse cargo
de todos los huérfanos
de los sitios de reconcentración.

Rosa

En las cuevas, nuestras almohadas eran rocas
y nuestras camas el musgo.

El agua chorreaba desde los cristales del techo
con un sonido muy similar a la música.

Era fácil imaginarse
un futuro de paz,
un pasado de paz...

Ahora duermo en una cama de verdad y sueño
que estoy sentada en una carretera verde y
    soleada,
vendiendo flores: enredaderas doradas, campanillas,
enredaderas de coral, flamboyanes, orquídeas
    fantasmas, rosas...

Sueño que me es posible vender todas estas flores
pues es tiempo de paz,
y los retoños son atesorados
por su belleza y fragancia,
no para pociones y curas...

José

¿Cómo le daré esta noticia tan extraña
a mi esposa, que ha trabajado tan duro
durante tanto tiempo, que ya ni cuando duerme,
    duerme,
sino que sueña...?

¿Cómo puedo decirle que de repente
esta tercera guerra ha terminado?

Si tan sólo pudiera decirle
que ganamos.

En su lugar, debo susurrar una verdad
que parece imposible:
España ha sido derrotada,
pero la victoria no es de Cuba.

Los americanos han tomado el poder.
Una vez más, somos súbditos
de un tirano extranjero.

Rosa

Los ayudamos a ganar
su extraña guerra
contra España.

Imaginábamos que estaban aquí
para ayudarnos a obtener la libertad
que hemos añorado durante tanto tiempo.

Fuimos inspirados por sus guerras
para librarse de Inglaterra
y para liberar a los esclavos.

Los ayudamos a ganar
esta extraña victoria
contra nosotros.

José

Escogen un árbol majestuoso,
una ceiba, un árbol tropical enorme
reverenciado por los cubanos,
un árbol sólido con raíces poderosas.

Escogen la sombra de sus ramas extendidas.
Tenemos que mirar desde lejos.
Incluso el General Gómez,
después de treinta años de liderar a nuestros
    rebeldes,
ni siquiera él ha sido invitado
a la ceremonia de rendición.

España cede el poder ante nuestros ojos.
Sólo podemos mirar desde lejos
como la bandera española baja
y la bandera americana sube flotando.

Nuestra bandera cubana
todavía está prohibida.

Rosa

Silvia ha decidido
ayudar a las monjas *sioux*
a construir un orfanato
para los huérfanos
de los sitios de reconcentración.

José y yo debemos continuar
haciendo lo que podamos
para sanar a los heridos
y curar a los enfermos.

La paz no será el paraíso,
pero al menos podemos esperar
que los niños como Silvia
y los otros huérfanos
tendrán su oportunidad
de soñar
con nuevas maneras
de sentirse libres...

Silvia

Siento otra vez que soy una niña.
No sé cómo comportarme.

La guerra ha terminado:
¿debería bailar,
tengo la libertad de cantar en voz alta,
soy libre de crecer,
enamorarme?

Soy libre de sonreír
mientras los huérfanos duermen.

Admito que me siento impaciente,
tan ansiosa de escribir en un diario,
como El Zorro,
registrando un recuento
de todo lo que he visto...

La paz no es el paraíso
que imaginaba, pero es una oportunidad
para soñar...

Nota de la autora

Mi abuela solía hablar de un tiempo en el que sus padres tuvieron que dejar su granja en el centro de Cuba e "irse a otro lugar". No tenía idea de qué había querido decir, hasta que crecí y leí relatos históricos de los sitios de reconcentración de Weyler.

Mi abuela nació en una granja en el centro de Cuba, en 1901. Ella describía los campos de Cuba tan estériles producto de la destrucción de la guerra que una vez, cuando la familia entera estaba pasando hambre, su papá salió a la jungla y regresó con una tortuga de río. Esa sola tortuga fue causa de celebración, suficiente carne para mantener a la familia viva y con esperanzas.

Uno de los tíos de mi abuela era un "pacífico", que siguió cosechando para alimentar a su hermanito. Otro tío era rubio, de ascendencia principalmente española, que se casó con la hija de un esclavo congolés. Mi madre recuerda haber visto a esta pareja venir al pueblo para vender flores silvestres de la montaña. Dice que ellos eran dos de las personas más felices que jamás hubiera visto. Me gusta imaginármelos enamorados y con la belleza de su tierra natal, libres de odios, libres de la guerra... libres, en toda la extensión de esa corta y poderosa palabra. En un viaje reciente a Cuba, conocí a la prima de mi madre, una de sus descendientes, cuyo nombre es Milagros.

Me siento privilegiada de haber conocido a mi abuela, que se ponía hojas húmedas de salvia en la frente cuando le dolía la cabeza, y a mi bisabuela, que era joven durante las guerras de Cuba por su independencia de España, y a Milagros, cuyos hijos, ahora, son jóvenes y están llenos de esperanza.

Nota histórica

En esta historia, Silvia y el conductor del carretón de bueyes son los únicos personajes completamente ficticios. Sus experiencias están basadas en la mezcla de los relatos de varios sobrevivientes de los sitios de reconcentración de Weyler.

Todos los demás personajes son figuras históricas, incluida Rosario Castellanos Castellanos, conocida en Cuba como "Rosa, la bayamesa", y su esposo, José Francisco Varona, quien ayudó a establecer y proteger los hospitales de Rosa. Algunos de los hospitales eran unidades móviles, que se trasladaban con el ejército rebelde mambí. Otros eran bohíos de techo de guano, ocultos en la jungla. Algunos eran cuevas.

Se conoce tan poco de la rutina diaria de Rosa y José que me he tomado grandes libertades al imaginar sus acciones, sentimientos y pensamientos.

Como muchas curanderas tradicionales latinoamericanas, Rosa veía su don de curar como un regalo de Dios y nunca aceptó pagos por su trabajo como enfermera. Sus medicinas eran hechas con plantas silvestres.

Muchos de estos remedios herbales todavía son usados en Cuba, en donde son llamados "medicina verde".

Varios reportes muestran el año de nacimiento de Rosa como 1834 ó 1840. Cuando murió, el 25 de septiembre de 1907, fue enterrada con honores militares. Un coronel del 17mo regimiento de infantería del ejército de Estados Unidos asistió a su funeral.

Hubo en realidad un rancheador conocido como Teniente Muerte, pero no hay evidencia de que hubiera sido una figura clave de las operaciones militares españolas designadas para perseguir y matar a Rosa.

Otros personajes como El Grillo, El Jóven y Las Hermanas de la Sombra están basados en descripciones en los diarios de los soldados y los corresponsales de guerra.

El primer uso moderno y sistemático de campos de concentración como forma de controlar a una población rural civil fue ordenado por el Capitán General del Imperio Español Weyler, en Cuba, en 1896. Ningunas previsiones fueron tomadas en cuanto a refugio, comida, medicina o condiciones de sanidad. Los estimados del número de guajiros cubanos que murieron en los "campos de reconcentración" de Weyler van desde 170 000 hasta medio millón, o aproximadamente del 10 al 30 por ciento del total de la población de la isla. En algunas áreas, hasta el 96 por ciento de las granjas fueron destruidas.

Después de que España cedió Cuba a Estados

Unidos, el Capitán General Weyler fue promovido a Ministro de Guerra.

Unos años después, el despiadado uso militar de los campos de concentración fue repetido durante la Guerra Boer en Sudáfrica. Adolf Hitler llevó este concepto genocida al extremo durante la Segunda Guerra Mundial, en la que millones de judíos europeos, católicos, gitanos, pacifistas y otros grupos minoritarios fueron asesinados en los campos de exterminio de la Alemania nazi. Desde entonces, potencias armadas en todo el mundo han arreado números enormes de civiles a campamentos prisiones por motivos de religión, raza, país de origen, ideología, orientación sexual, forma de vestir, por escuchar música rock (los roqueros cubanos) o simplemente para apoderarse de territorios, impidiendo a los campesinos cosechar los cultivos que podrían fortalecer a un ejército de la oposición.

La tercera guerra de independencia de Cuba contra España se conoce en Estados Unidos como la Guerra Hispano-Americana y, en España, como "El Desastre". Los historiadores por lo general consideran a ésta como la primera guerra de guerrillas en la jungla, la primera guerra moderna de trincheras y la primera vez en que las mujeres fueron oficialmente reconocidas como enfermeras militares, tanto en el ejército cubano de liberación como en el ejército de los Estados Unidos.

También se le conoce como "la Guerra de los Periodistas", porque los reporteros que trabajaban para los periódicos norteamericanos escribían textos en los que promovían la intervención de Estados Unidos. En 1897, cuando el reconocido artista Frederic Remington solicitó permiso para abandonar Cuba porque estimaba que la situación en las cercanías de La Habana era bastante tranquila y no ameritaba cobertura de prensa constante, su empleador, William Randolph Hearst, dueño del *New York Magazine Journal*, le envió un telegrama urgente: «Por favor, quédate. Tú provee las imágenes. Yo proveeré la guerra».

Cronología

PRIMEROS MOVIMIENTOS INDEPENDENTISTAS

1810. El primer movimiento separatista cubano es suprimido por España.

1812. Una rebelión de esclavos es suprimida.

1823. El movimiento de *Soles y Rayos de Bolívar* es suprimido, durante un tiempo en que la mayoría de las colonias españolas había obtenido en fecha reciente su independencia bajo el liderazgo de Simón Bolívar y otros luchadores por la libertad.

1836-55. Varios movimientos separatistas son suprimidos.

1858-59. El presidente norteamericano James Buchanan ofrece comprar Cuba. España rechaza la oferta.

1868. El 10 de Octubre de 1868, Carlos Manuel de Céspedes y otros hacendados próximos a la ciudad de Bayamo, en el oriente de Cuba, queman sus plantaciones y dan la libertad a sus esclavos, lanzando la primera de las tres guerras de independencia contra España.

1868–78. Cuba libra su Guerra de los Diez Años, en aras de ganar la independencia de España.

1878–80. Cuba libra su Guerra Chiquita, en aras de ganar la independencia de España.

1880–96. Abolición paulatina de la esclavitud en Cuba.

GUERRA FINAL DE CUBA POR SU INDEPENDENCIA

1895. La rebelión comienza en el oriente de Cuba. El poeta José Martí muere en su primer combate.

1896. La guerra se esparce. El Capitán General Weyler anuncia la orden de los sitios de reconcentración.

1897. La Asamblea Constitucional se reúne.

1898. *Maine*, el buque de guerra estadounidense, explota en la Bahía de La Habana. Estados Unidos presenta su última oferta de comprar Cuba. Las fuerzas militares estadounidenses intervienen y las tropas españolas se rinden a éstas. A los generales cubanos no se les permite asistir a las ceremonias de rendición.

EVENTOS DE POST-GUERRA

1899. España cede el control de Cuba a Estados Unidos.

1902. Estados Unidos otorga autonomía a Cuba, con la condición de que las tropas estadounidenses tengan el derecho de intervenir en asuntos cubanos y que Cuba permita que una porción de la provincia oriental de Guantánamo sea usada para una base naval de Estados Unidos.

Agradecimientos

Les estoy profundamente agradecida a Dios y a mi familia por el tiempo y la paz mental para escribir.

Por su ayuda con la investigación, les doy las gracias a todos los esforzados y anónimos bibliotecarios de numerosas bibliotecas que se especializan en los préstamos entre éstas, incluyendo el *Hispanic Reference Team* de la Biblioteca del Congreso.

Mi agradecimiento de todo corazón a mi editora, Reka Simonsen, y a todos los de Henry Holt and Company, en especial, a Robin Tordini, Timothy Jones, mi correctora de estilo, Marlene Tungseth, y a la diseñadora Lilian Rosenstreich.

Por su apoyo, le quedo agradecida a Angelica Carpenter y Denise Schiandra y al *Arne Nixon Center for Children's Literature*, a California State University, a Fresno y a Alma Flor Ada, Nancy Osa, Teresa Dovalpage, Juan Felipe Herrera, Anilú Bernardo, Cindy Wathen, Esmeralda Santiago, Midori Snyder y Ellen Olinger.

Discussion Questions

1. Why do you think the author chose to tell this story through poetry instead of prose?

2. The book follows Rosa from childhood through adulthood. How have the wars changed her?

3. Lieutenant Death says that his father corrected him when he called Rosa a witch-girl because if he adds girl, "she'll think she's human, like us." How do you think this statement affected Lieutenant Death's opinion of Rosa?

4. We never learn Lieutenant Death's real name. All of the other characters who speak have their real name as the character heading. How does this affect your opinion of the character?

5. Rosa heals Lieutenant Death after he falls from a tree. Why does she help him? Why, even after her help, does he still want to kill her?

6. Find a passage in the book that you enjoyed or felt a connection with. Discuss what it was about that passage that made it memorable for you.

7. Who was your favorite character and why?

8. What does the Surrender Tree represent to Rosa?

9. Why does Rosa help anyone, no matter what side they fight for, free of charge?

10. Silvia ends the book saying "Peace is not the paradise I imagined, but it is a chance to dream." What do you think she means by this? What do you think the rest of her life will be like?

11. Take an experience from your own life and write a few lines of poetry to tell the story.

SQUARE FISH

For more information about Square Fish books, authors, and illustrators visit
www.squarefishbooks.com.

GOFISH

MARGARITA ENGLE

What did you want to be when you grew up?
I wanted to be a wild horse.

When did you realize you wanted to be a writer?
As a child, I wrote poetry. Stories came much later. I always loved to read, and I think that for me, longing to write was just the natural outgrowth of loving to read.

What's your first childhood memory?
When I was two, a monkey pulled my hair at the Havana Zoo. I remember my surprise quite vividly.

What's your most embarrassing childhood memory?
When I was very little, we lived in a forest. I wandered around a hunter's cabin, and found a loaded gun behind a door. I remember feeling so terribly ashamed when people yelled at me for pointing the gun at them. I had no idea I was doing anything wrong.

What's your favorite childhood memory?
Riding horses on my great-uncle's farm in Cuba.

As a young person, who did you look up to most?
Growing up in Los Angeles, I participated in civil rights marches. I admired Martin Luther King Jr. I was also a great fan of Margaret Mead. I wanted to travel all over the world, and understand the differences and similarities between various cultures.

What was your worst subject in school?
Math and PE. I was a klutz in every sport, and I needed a tutor to get through seventh-grade algebra. In high school, my geometry teacher crumpled my homework, threw it on the floor, stepped on it, and said, "This is trash!"

What was your best subject in school?
English. I loved reading, and I loved writing term papers.

What was your first job?
Cleaning houses.

How did you celebrate publishing your first book?
Disbelief, and then scribbling some more.

Where do you write your books?
I do a lot of my writing outdoors, especially in nice weather.

Where do you find inspiration for your writing?
Old, dusty, moldy, tattered, insect-nibbled history books, and the stories my mother and grandmother used to tell me about our family.

Which of your characters is most like you?
I'm not nearly as brave as any of my characters.

When you finish a book, who reads it first?
My editor, Reka Simonsen. I trust her judgment. I don't like to show it to anyone less qualified to tell me whether something works.

Are you a morning person or a night owl?
Morning. By noon, I am just a phantom of my morning self, and by evening, I turn into a sponge—all I can do is read, not write.

What's your idea of the best meal ever?
A Cuban guateque. It's a country feast on a farm. It comes with music, jokes, storytelling, and impromptu poetry recitals by weathered farmers with poetic souls.

Which do you like better: cats or dogs?
I love to walk, so definitely dogs. We always have at least one cat, but cats don't like to go places. Dogs are much more adventurous.

What do you value most in your friends?
Honesty and kindness.

Where do you go for peace and quiet?
A pecan grove behind our house at least twice a day, and the Sierra Nevada Mountains, at least twice a week. When I really need tranquility, I visit giant sequoia trees. Their size, age, and beauty help me replace anxieties with amazement.

What makes you laugh out loud?
Funny poems. The sillier, the better.

What's your favorite song?
I love the rhythms and melodies of old Cuban country music,

but my favorite lyrics are from a reggae song by Johnny Nash, "I Can See Clearly Now."

Who is your favorite fictional character?
That changes constantly. In other words, the one I am reading about at the moment.

What are you most afraid of?
Tidal waves, nightmares, and insomnia.

What time of year do you like best?
Spring.

What's your favorite TV show?
So You Think You Can Dance.

If you were stranded on a desert island, who would you want for company?
My husband.

If you could travel in time, where would you go?
My grandmother's childhood.

What's the best advice you have ever received about writing?
Don't worry about getting published. Just write for yourself.

What do you want readers to remember about your books?
Characters who never lose hope.

What would you do if you ever stopped writing?
Read.

SQUARE FISH

What do you like best about yourself?
Hope.

What is your worst habit?
Self-criticism. Talking mean to myself. I can be very discouraging.

What do you consider to be your greatest accomplishment?
Finding the poetry in history.

Where in the world do you feel most at home?
Forests and libraries.

What do you wish you could do better?
Don't worry, be happy.

What would your readers be most surprised to learn about you?
My husband is a volunteer wilderness search and rescue dog trainer/handler. He and his dogs search for lost hikers in the Sierra Nevada Mountains. I hide in the forest during practice sessions. I am classified as a volunteer "victim."

A Swedish suffragette, an African slave girl, and the daughter
of a rich man forge a bond that breaks the barriers of language
and culture as they explore the lush countryside of Cuba together.

Keep reading for an excerpt from

The Firefly Letters

by Margarita Engle

Matanzas, Cuba
CECILIA

I remember a wide river
and gray parrots with patches of red feathers
flashing across the African sky
like traveling stars
or Cuban fireflies.

In the silence of night
I still hear my mother wailing,
and I see my father's eyes
refusing to meet mine.

I was eight, plenty old enough
to understand that my father was haggling
with a wandering slave trader,
agreeing to exchange me
for a stolen cow.

Spanish sea captains and Arab merchants
are not the only men
who think of girls
as livestock.

ELENA

Mamá has informed me
that we will soon play hostess
to a Swedish traveler, a woman
called Fredrika, who is known to believe
that men and women are completely equal.
What an odd notion!

Papá has already warned me to ignore
any outlandish ideas that I might hear
from our strange visitor.

I have never imagined a woman
who could travel all over the world
just like a man!

Mamá says Fredrika
does not speak much Spanish,
so we will have to speak to her in English.

Cecilia can help.
I'm so glad Papá
taught one of the slave girls
how to speak the difficult language
of all the American engineers
who work at our sugar mills,
giving orders to the slaves.

I am sorry to say
that Cecilia's English
is much better than mine.
She is just a slave,
but she does have a way
with words.

Translating is a skill that makes her useful
in her own gloomy, sullen,
annoying way.

CECILIA

The visiting lady wears a little hat
and carries a bag of cookies
and bananas.

Her shoes are muddy.
She asks so many questions
that Elena turns her over to me
because my English is better
and I am a slave
accustomed to the rudeness
of strangers.

When I ask the foreign lady
where she is from,
she points toward the North Star.

Can her native country
truly be as distant
as the Congo,
my lost home?

FREDRIKA

In all my travels, I have never smelled
any place as unfamiliar as Cuba.
Even here in the lovely city of Matanzas,
with elegant shops and ladies in carriages
waving silk fans,
there is always the scent
of rotting tropical vegetation,
a smell that releases a bit of sorrow,
like the death of some small wild thing—
a bird, perhaps, or a frog.

I am eager to see the city
and then set off on my own,
exploring the beautiful countryside
with my translator, Cecilia,
a young African girl
with lovely dark eyes.

With her help
I will see how people live
on this island of winter sun
that makes me dream
of discovering Eden.

ELENA

I find the Swedish lady's freedom to wander
all over the island
without a chaperone
so disturbing
that I can hardly bear her company.

I hide in my room, embroidering
all sorts of dainty things — pillowcases
and gowns with pearl-studded lace ruffles
for my hope chest.

Cecilia and I are not quite the same age.
I am only twelve,
but I feel like a young woman,
and she is at least fifteen,
already married and pregnant.

Too soon, I will reach fourteen,
the age when I will be forced to marry
a man of my father's choice.
The thought of marriage
to some old frowning stranger
makes me feel just as helpless
as a slave.

FREDRIKA

When I asked the Swedish Consul
to place me in a quiet home
in the Cuban countryside,
I expected a thatched hut
on a small farm.

Instead, I find myself languishing
among gentry, surrounded by luxury.

The ladies of Matanzas
rarely set foot outdoors.
Enclosed in marble courtyards,
Elena and her mother move like shadows
lost in their private world
of silk and lace.

If I'd wanted to endure
the tedious life of a noblewoman,
I could have stayed home
at Årsta Castle, where my mother
never allowed me to speak to servants
and if I wanted to greet my father
I had to wait
while a footman
rolled out a carpet
and a hairdresser powdered
my father's pigtail.

There is no place more lonely
than a rich man's home.

READ ALL OF THE
NEWBERY AWARD-WINNING TITLES
AVAILABLE FROM SQUARE FISH

Thimble Summer
Elizabeth Enright
978-0-312-38002-1
$6.99 U.S. /$7.99 Can.

The Cricket in Times Square
George Selden and Garth Williams
978-0-312-38003-8
$6.99 U.S./$7.99 Can.

Everything on a Waffle
Polly Horvath
978-0-312-38004-5
$6.99 U.S.

I, Juan de Pareja
Elizabeth Borton de Treviño
978-0-312-38005-2
$6.99 U.S. /$7.99 Can.

The Cow-Tail Switch
Harold Courlander and George Herzog
978-0-312-38006-9
$6.99 U.S. /$7.99 Can.

Young Fu of the Upper Yangtze
Elizabeth Foreman Lewis
978-0-312-38007-6
$7.99 U.S. /$8.99 Can.

Kneeknock Rise
Natalie Babbitt
978-0-312-37009-1
$6.99 U.S. /$8.50 Can.

Abel's Island
William Steig
978-0-312-37143-2
$5.99 U.S./$6.99 Can.

A Wrinkle in Time
Madeleine L'Engle
978-0-312-36754-1
$6.99 U.S./$7.99 Can.

SQUARE FISH
WWW.SQUAREFISHBOOKS.COM
AVAILABLE WHEREVER BOOKS ARE SOLD

ALSO AVAILABLE
FROM SQUARE FISH BOOKS

Even with the odds against them, these girls never give up hope.

A Room on Lorelei Street · Mary E. Pearson
ISBN: 978-0-312-38019-9 · $7.99 US / $8.99 Can

Can seventeen-year-old Zoe make it on her own?

"You may not agree with her choices, but you'll think about them long after you finish her story. READ IT."—*Teen People*

Multiple Choice · Janet Tashjian
ISBN: 978-0-312-37606-2 · $6.99 US /$7.99 Can

Monica's determined to get her OCD under control.
Thankfully, help is on the way.

"All adolescents can appreciate the book's basic message—that it's okay to be yourself."—*The Horn Book Magazine*

In the Name of God · Paula Jolin
ISBN: 978-0-312-38455-5 · $7.99 US / $8.99 Can

How far would you go to defend your beliefs?

★"The taut, suspenseful plot builds to a riveting climax."
—*Kirkus Reviews*, Starred Review

Under the Persimmon Tree · Suzanne Fisher Staples
ISBN: 978-0-312-37776-2 · $7.99 US / $10.25 Can

Two people trying to find their way home
find each other along the way.

★"There's hope in heartbreaking scenes of kindness
and courage."—*Booklist*, Starred Review

SQUARE FISH
WWW.SQUAREFISHBOOKS.COM
AVAILABLE WHEREVER BOOKS ARE SOLD